GWYLLIAID

Bethan Gwanas

Gome

I Daniel, Meg, Robin, Cadi,
Caio a Mabon

Diolch
i Mam am blannu'r syniad
i Gruffudd Antur am y cynganeddu
i T. Llew Jones am yr ysbrydoliaeth

Mae'r nofel hon yn cynnwys rhai ffeithiau pendant am y
Gwylliaid – y dyddiadau, ambell enw a lleoliad, er enghraifft –
ond gan nad oes llawer o wybodaeth ysgrifenedig amdanynt,
mae'r rhan fwyaf o'r digwyddiadau yn gymysgedd o
chwedloniaeth a ffrwyth dychymyg yr awdur.

Cyhoeddwyd gyntaf yn 2014 gan
Wasg Gomer, Llandysul, Ceredigion, SA44 4JL
ar ran Cronfa Goffa T. Llew Jones
www.gomer.co.uk

ISBN 978 1 84851 760 8

Cyhoeddwyd gyda chymorth ariannol
Cyngor Llyfrau Cymru.

Argraffwyd a rhwymwyd yng Nghymru gan
Wasg Gomer, Llandysul, Ceredigion.

Pennod 1

'Eira! O, na . . .' ochneidiodd tad Rhys gan gydio'n dynnach yn y llyw. Cododd Rhys ei ben o'i iPad i edrych drwy ffenest y car. Roedd yr eira'n pluo, dyna i gyd.

'So fe'n ddrwg, Dad, stopwch ffysian,' meddai a dychwelyd at ei gêm o *Angry Birds*.

'Ond dim ond ym Mhowys ydan ni,' meddai ei dad yn flin, 'os ydy hi'n pluo fan hyn, mi fydd hi'n siŵr o fod yn llawer iawn gwaeth yn y gogledd! Fasa well i ni ffonio, dwad?'

'Sdim signal . . .' meddai Rhys. 'Ond os y'ch chi'n poeni,' ychwanegodd yn obeithiol, 'beth am i ni jest troi rownd a mynd 'nôl i Gaerdydd?'

'Rhys, rho'r gorau iddi!' meddai ei dad drwy'i ddannedd. 'Rydan ni'n mynd i Langefni i weld Nain a dyna fo! Mae hi'n edrych mlaen at ein gweld ni, ac mi neith les i ti gael chwarae allan yn yr awyr iach efo dy gefndryd!'

'*Chwarae*! Fflipin 'ec, Dad, dwi'n 12 oed, bron yn 13 . . . sai'n *chwarae* tu fas ers blynydde.'

'Nag wyt . . .' chwyrnodd ei dad, 'chwara tu mewn wyt ti o hyd, yn de, dy drwyn yn sownd mewn sgrin o fore gwyn tan nos. Pan o'n i dy oed di, o'n i allan drwy'r dydd, yn dringo coed, gwneud dens, chwara ffwtbol . . .'

Caeodd Rhys ei lygaid a gadael i hen, hen stori ei dad fynd i mewn drwy un glust ac allan drwy'r llall. Roedd y penwythnosau hyn gyda'i dad yn mynd yn fwy a mwy o fwrn. O leia roedd ei fam yn gadael llonydd iddo yn ei lofft gyda'i gyfrifiadur a'i gitâr a'i Kindle a ddim yn cwyno os byddai'n gwrando ar ei iPod drwy bob pryd bwyd. Ers yr ysgariad, roedd ei dad yn mynnu ceisio llenwi ei benwythnosau gyda Rhys â 'gweithgaredd' o ryw fath, gweithgareddau nad oedd gan Rhys unrhyw ddiddordeb ynddyn nhw: cerdded mynyddoedd, canwio, mynd i amgueddfeydd ac ati ac ati. Ac yn sicr doedd e ddim eisiau cael ei lusgo'r holl ffordd i Sir Fôn, i hen fwthyn bach tywyll ei nain, lle doedd dim *wi-fi*, na signal 3G hyd yn oed!

YN Y CYFAMSER, yn y gogledd, ar y llethrau sy'n dringo'n serth ac yn uchel i fyny o ardal Dinas Mawddwy cyn plymio i lawr am Ddolgellau, roedd yr eira'n drwch. Roedd Mari wedi llusgo'i sled blastig drwy'r caeau, drwy eira oedd bron dros ei welingtons, er mwyn gallu hedfan i lawr y bryniau. Roedd hi wedi bod yn gweddïo am eira fel hyn ers misoedd! Roedd hi'n anffodus fod gormod o eira ar y ffyrdd i'w ffrindiau ysgol fentro draw i sledio gyda hi, a bod Robin, ei brawd bach, yn ei wely yn diodde o'r ffliw; byddai'n gymaint mwy o hwyl pe bai ganddi gwmni. Ond roedd Nel, yr ast ddefaid, wedi ei dilyn, a byddai cwmni ci yn well na dim!

Cyrhaeddodd y copa, yn gynnes braf yn ei dillad sgio lliwgar, a throi i edrych i lawr y cwm. Roedd Cader Idris o'r golwg yn llwyr yn y niwl o eira, ond roedd yn olygfa wych o hyd. Fel cerdyn Nadolig, fel rhywbeth o stori dylwyth teg.

'Wyddost ti be, Nel? Hwyrach ein bod ni'n bell o unrhyw bwll nofio neu sinema, ond rydan ni'n byw mewn ardal fendigedig!' meddai, gan dynnu ei gogls dros ei llygaid. 'Tydan ni'n lwcus? Iawn, barod i redeg ar fy ôl i? Ty'd 'laen 'ta!' Gosododd ei phen-ôl yn ofalus ar ei sled fach goch, cydio yn y dolenni bob ochr iddi â'i dwy law, yna, codi ei thraed o'r eira a theimlo'i hun yn dechrau llithro . . . a chodi stêm . . . nes ei bod yn hedfan i lawr y bryn, a Nel yn neidio a chyfarth ar ei hôl hi.

'Waaaaaaw! Mae hyn yn ffantastig!' gwaeddodd, a rhowlio chwerthin wrth ddod i stop mewn lluwch o eira ar waelod y cae. ''Nôl i fyny rŵan, Nel! Ty'd!' meddai, gan gydio yn ei sled eto a chamu'n bwyllog yn ôl i fyny am y copa. Llamodd Nel ar ei hôl yn hapus ei byd, gan roi cyfarthiad tuag at yr aradr eira oedd yn brwydro'n araf i fyny'r bwlch, led cae i ffwrdd.

ROEDD GYRRWR yr aradr eira wedi cael llond bol erbyn hyn. Roedd o wedi bod yn gyrru'n ôl a mlaen ar hyd ffyrdd yr ardal ers pump o'r gloch y bore, ac er gwaetha'i gôt drwchus a'i fenig anferthol, roedd o'n oer ac roedd o'n llwgu. Roedd wedi gorffen ei becyn bwyd ers oriau, ac roedd newydd orffen ei far siocled olaf, a rŵan roedd yr eira'n disgyn yn waeth nag erioed a phrin allai o weld o flaen ei drwyn. Yn sydyn, teimlodd y cerbyd yn taro'n galed yn erbyn rhywbeth. Be goblyn? Gwaeddodd yn uchel o weld mai car oedd o'i flaen, car oedd wedi methu mynd dim pellach ac wedi cael ei adael ar ganol y ffordd. Car oedd bellach wedi ei wasgu'n siâp poenus yr olwg. Rhegodd, ac agorodd ddrws ei gerbyd i weld pa mor ddrwg oedd y difrod. Diolch i'r nefoedd nad oedd neb yn y car. Ond byddai'r perchennog yn torri ei galon pan welai'r olwg oedd ar ei gar bach glas. Ond fo oedd ar fai yn ei adael mewn lle mor wirion heb arwydd o fath yn y byd! Ciciodd yr olwyn yn flin. Yna sylwodd ar siâp rhyfedd arall yn uwch i fyny'r ffordd – ac un arall wrth ei ymyl! Sut oedd disgwyl i unrhyw aradr glirio'r ffordd os oedd pobl yn gadael eu ceir ar draws y lle fel hyn?

'O, dyna ni,' chwyrnodd, 'does 'na ddim pwynt i mi ddal ati rŵan. Stwffio nhw!' Dringodd yn ôl i mewn i'w gerbyd a throi'r aradr yn ôl am adref – a gwres a bwyd a llond bwced o goffi poeth.

ROEDD HYD yn oed Rhys yn gwylio'r ffordd yn ofalus bellach. Roedd yr eira'n disgyn yn drwm ers milltiroedd, ac ychydig iawn o geir oedd wedi dod i'w cyfarfod, ond roedd modd gyrru mlaen o hyd – yn ofalus.

'Dwi'n poeni am Fwlch yr Oerddrws,' meddai ei dad.

'Bwlch y beth?'

'Bwlch yr Oerddrws, y bwlch sydd rhwng Dinas Mawddwy a Dolgellau, bwlch gafodd yr enw yna am ei bod hi wastad yn oerach i fyny fan'no nac yn unrhyw le arall.'

'O ie, fi'n cofio nawr. Yr un sy yn y *back of beyond*. Felly bydd mwy o eira yno?'

'Garantîd i ti. Be wnawn ni? Chwilio am westy yn Dinas, a rhoi cynnig arni bore fory, neu ddal ati?'

'Sai'n gwybod, ydw i? Lan i chi, Dad.' Edrychodd y tad ar ei fab. Weithiau, byddai'n teimlo ysfa gref i'w grogi. Ond dim ond am eiliad. Dyma'i unig blentyn – cannwyll ei lygad! Ei oedran oedd yn gyfrifol am ei ymddygiad; roedd pob plentyn yn mynd yn flin ac yn surbwch wrth gyrraedd ei arddegau, yn enwedig plentyn oedd wedi bod drwy ysgariad ei rieni. Ychydig o amynedd oedd ei angen, dyna i gyd. Anadlodd yn ddwfn a chyfri i ddeg.

'Iawn, dwi am roi cynnig arni,' meddai. 'Mae'n edrych fel tasa'r aradr eira wedi bod i fyny . . .'

Dringodd y car i fyny'r allt serth yn araf ac yn ofalus.

'Dwi wedi sôn wrthat ti mai fan hyn fyddai Gwylliaid Cochion Mawddwy yn ymosod ar bobol, do?' gofynnodd tad Rhys.

'Do, Dad. *Loads* o weithiau.'

'Bum can mlynedd yn ôl, meddylia. Doedd dim tarmac bryd hynny, na ffensys. Ar droed neu ar gefn ceffyl fyddai pobol yn teithio. Dychmyga'n bod ni'n dringo i fyny fan'ma yn yr eira ar gefn ein ceffylau, heb thermals, heb sgidiau na chotiau Gore-Tex, dim ond rhyw glogyn o groen anifail, a haid o ddynion gwyllt yn rhuthro i lawr y llethrau 'ma amdanan ni, yn sgrechian a gweiddi nerth eu pennau!'

'Ie. Waw. *Scary*,' meddai Rhys yn sych.

'Gwallt coch oedd gynnyn nhw i gyd, 'sti, fel ti a fi! Falle'n bod ni'n perthyn iddyn nhw!' chwarddodd ei dad.

'Sai'n credu, Dad. Gawson nhw i gyd eu lladd, yn do fe? Wedi iddyn nhw ladd y Barwn Owen. Yn 1555.'

Trodd y tad ei ben i edrych ar ei fab. Roedd gallu'r bachgen i gofio ffeithiau yn rhyfeddol.

'Ia . . . do, ti'n iawn . . . Diawch, 'dan ni bron â chyrraedd y top, 'sti Rhys! Mi fyddwn ni'n iawn ar ôl fan'ma,' meddai gan droi am y gornel olaf cyn cyrraedd y copa.

Yn sydyn, doedden nhw ddim yn mynd ar i fyny, ond am yn ôl! Roedd y car yn llithro – yn araf i ddechrau, ac yna'n frawychus o gyflym.

'Dad! Beth y'ch chi'n neud?' gwaeddodd Rhys, wrth weld y car yn mynd am y ffens.

'Does 'na ddim byd fedra i neud!' gwaeddodd ei dad. 'Mae'r ffordd wedi rhewi'n gorn! Gwylia dy hun!'

Claddodd y car i mewn i'r ffens gan dynnu'r pyst allan fesul un, a dechrau llithro i lawr y cae serth, gan daro cerrig a chreigiau wrth fynd.

'AAAAAA!' sgrechiodd y ddau.

ROEDD MARI newydd gyrraedd copa'r bryn eto ac yn anadlu'n drwm, pan glywodd leisiau'n sgrechian ac yn gweiddi. Cerddodd yn ei blaen i gyfeiriad yr helynt, a gweld dyn a bachgen yn baglu a llithro a bytheirio tuag ati. Roedden nhw'n cega'n gas iawn ar ei gilydd, a'r dyn, oedd yn gloff, yn dal ffôn symudol i fyny, yn amlwg yn chwilio am signal.

'Helô,' meddai Mari, 'alla i eich helpu chi?'

Rhythodd y ddau yn hurt arni am rai eiliadau. Merch fach tua deg oed mewn dillad sgio pinc a melyn, yn tynnu sled blastig goch, a chi defaid tenau wrth ei sodlau.

'Be goblyn mae hogan fach fel ti'n neud fan hyn?' gofynnodd tad Rhys.

'Dwi'n byw yma,' meddai Mari, oedd yn rhy gwrtais i brotestio nad 'hogan fach' mohoni, diolch yn fawr.

'Ble? Sai'n gweld tŷ yn unman!' meddai Rhys.

Pwyntiodd Mari i lawr y cwm.

'Rhyw filltir i lawr fan'na,' meddai. 'Ffarm fechan o'r enw Caertyddyn. Mae Mam adre os dach chi isio ffonio.'

'Gwych! Iawn, ty'd Rhys,' meddai ei dad. 'Diolch . . . ym?'

'Mari,' meddai Mari.

'Arhoswch funud – dwi wedi gadael fy iPad yn y car,' meddai Rhys.

'Stwffio dy iPad! Ty'd efo fi rŵan!' meddai ei dad.

'Na, bydd rhywun wedi'i ddwgyd e!'

'Pwy sy'n mynd i'w ddwyn o o fan'na? Dafad?'

'Dwi'n mynd 'nôl.'

'Ond – fedri di ddim! Ddim ar dy ben dy hun! A fedra i ddim mynd 'nôl lawr fan'na a nghoes i fel hyn! Dwi angen gweld doctor!'

'Peidiwch â phoeni,' meddai Mari, 'cychwynnwch chi i lawr yn ara' bach, a' i yn ôl at y car efo fo ac mi wnawn ni eich dal i fyny.'

Doedd tad Rhys yn amlwg ddim yn hapus ag awgrym Mari, ond roedd mewn poen ac wedi blino a doedd ganddo ddim amynedd i gega mwy.

'Iawn, ond byddwch yn ofalus!'

Gwyliodd y ddau blentyn ef yn hercian yn boenus i lawr drwy'r eira.

'Dydy o'm wedi'i thorri hi, naddo?' gofynnodd Mari.

'Naddo, neu fydde fe ddim yn gallu cerdded arni. Dwi'n credu taw wedi cleisio'i goes ma' fe. Mae'n licio gwneud ffys.'

Yna trodd Rhys at Mari.

'Sdim rhaid i ti ddod 'da fi,' meddai. 'Fydda i'n gyflymach ar fy mhen fy hunan.'

'Oes. 'Nes i addo,' atebodd hithau, gan adael ei sled wrth bolyn ffens a dechrau cerdded tua'r car cyn iddo allu protestio.

'LWCUS NA wnaeth y car droi drosodd,' meddai Mari wrth sbio i lawr ar y cerbyd ymhell yng ngwaelod y cae.

'Mmm . . .' meddai Rhys wrth ddringo'n ofalus dros y ffens.

'A lwcus na wnest ti frifo hefyd,' meddai Mari gan neidio'n ddidrafferth dros y ffens a dechrau rhedeg i lawr am y car gyda Nel, oedd yn mwynhau'r antur yn arw.

'Aros!' meddai Rhys, cyn iddo lithro a sglefrio am lathenni ar ei fol nes ei fod yn edrych fel dyn eira. 'Blincin sgidie dwl,' meddai dan ei wynt. Roedd y Vans glas roedd ei fam wedi eu prynu iddo yn edrych yn cŵl, ond yn dda i ddim mewn eira. Pan lwyddodd i godi ar ei draed a rhoi ei gap *beanie* gwlân yn ôl ar ei ben, roedd Mari a'r ci eisoes wedi cyrraedd y car.

'Hwn ydy o?' galwodd Mari, gan ddal y bag a'r iPad ynddo yn yr awyr.

'Ie, ond bydd yn ofalus 'da fe! Aw!' meddai, gan faglu eto a glanio ar ei drwyn yn yr eira. Brysiodd Mari tuag ato gan chwerthin.

'Ti'm yn saff iawn ar dy draed, nag wyt Rhys!' Estynnodd ei llaw ato, rhoi'r bag iddo, ac yna oedi. 'Hei . . . be ydy hwnna sy'n sgleinio wrth dy draed di?' meddai.

Syllodd Rhys o'i flaen. Roedd rhywbeth rhyfedd yn bendant yno, rhywbeth oedd wedi dod i'r wyneb ar ôl i'r car gnocio carreg o'r ffordd. Anwybyddodd law Mari a chodi ar ei bengliniau gan roi'r bag yn ofalus dros ei ysgwydd. Crafodd ychydig o'r eira a'r pridd islaw er mwyn gallu gweld mwy o'r peth oedd yn y ddaear. Carn neu ddolen rhywbeth, meddyliodd, carn melyn, budr, a rhywbeth yn sgleinio ar ei ben. Gafaelodd Rhys ynddo a cheisio tynnu, ond roedd yn gwrthod symud modfedd.

'Mae'r ddaear wedi rhewi'n galed, wnei di byth ei gael o allan fel yna,' meddai Mari. 'Ond aros funud . . .' ychwanegodd gan godi darn o lechen finiog o'r pridd wrth ei thraed oedd wedi dod i'r wyneb ar ôl i'r car grafu'r eira, a dechrau tyllu o gwmpas y carn.

'Bydd ofalus,' meddai Rhys, 'alle fe fod yn *antique*.'

'Chwilia am lechen fach arall i dyllu'r ochr draw.'

Ufuddhaodd Rhys, a bu'r ddau wrthi'n brysur yn tyllu yn y pridd caled nes gweld beth oedd yno.

'Waw! Carn cleddyf yw e, dwi'n siŵr!' meddai Rhys, wedi cynhyrfu. 'Fe allai hwn fod yn werth arian! Dere . . .' Cododd ar ei draed gan afael yn dynn yn y carn a thynnu nes roedd ei wyneb yn goch. Ond doedd dim symud arno.

'Gad i mi drio,' meddai Mari.

Wffiodd Rhys. Pa obaith oedd gan ferch fach oedd o leiaf bedair modfedd yn fyrrach nag e? Ond wrth iddi dynnu a siglo'r carn a'i wthio'n ofalus 'nôl a mlaen, roedd yn amlwg yn dechrau symud y mymryn lleia . . .

'Be am drio'i dynnu efo'n gilydd?' awgrymodd Mari.

Nodiodd Rhys, a rhoddodd y ddau eu dwy – wel, pedair llaw – dros y carn, a thynnu . . . a thynnu. Yn sydyn, daeth y cleddyf yn rhydd! Cleddyf hir, hardd! Ond ar ôl iddo ddod allan o'r pridd yn llwyr, nes bod y llafn yn disgleirio yn yr ychydig haul oedd yn treiddio drwy'r niwl, fflachiodd rhywbeth llachar yn yr awyr o'u cwmpas, a hedfanodd y ddau blentyn am yn ôl gan lanio ar eu cefnau'n frawychus o galed. Yna, aeth pob man yn dywyll.

'Wooo . . . mae mhen i'n troi,' meddai Mari, pan ddaeth ati ei hun.

'A finne. Beth ddigwyddodd?' gofynnodd Rhys yn ddryslyd, gan ysgwyd ei ben.

'Dwi'm yn siŵr. Mellten?' awgrymodd Mari, gan edrych o'i chwmpas – a gwelwi. 'Ym . . . ble mae'r car wedi mynd?'

Trodd Rhys i gyfeiriad y ffens – a gweld dim byd. Dim byd ond eira. Doedd dim golwg o'r car, dim golwg o'r traciau i lawr y cae o'r ffens – dim ffens hyd yn oed.

'Nel? Ble mae Nel?' meddai Mari yn nerfus. 'Roedd hi yma eiliad yn ôl! Nel? Ty'd yma, Nel!' Rhoddodd ddau fys yn ei cheg a chwibanu. Ond doedd dim golwg o'r ci.

'Mae popeth wedi diflannu!' meddai Rhys, gan estyn am ei fag yn syth. Oedd, roedd ei fag a'r iPad yn dal ar ei ysgwydd, diolch byth. Edrychodd y ddau ar ei gilydd. Roedd rhywbeth mawr o'i le. Ac yna, daeth sŵn gweiddi drwy'r eira. Cododd y ddau ar eu traed yn araf a gweld dyn ar gefn ceffyl du yn carlamu i fyny'r bwlch. Roedd criw mawr o bobl wyllt yr olwg yn rhedeg ac yn sgrechian i lawr y llethrau tuag ato, yn cario pastynau, cleddyfau a bwa a saeth . . . pobol â gwallt coch!

'Sai'n credu hyn . . .' meddai Rhys. 'Rhaid mai jôc yw'r cwbwl.'

'Jôc?' sibrydodd Mari. 'Dwi'm yn dallt.'

'Dad oedd yn sôn am y Gwylliaid wrth i ni ddod lan . . .'

'Gwylliaid Cochion Mawddwy? Ti rioed yn meddwl mai nhw ydyn nhw? Ond roedd hynny gannoedd o flynyddoedd yn ôl!'

'Dwi'n gwybod! 'Na pam ddwedais i taw jôc yw e!'

'Dydy'r saethau yna ddim yn edrych fel jôc i mi,' meddai Mari, wrth weld saeth yn plymio i mewn i goes y dyn ar y ceffyl.

'Criw ffilmio y'n nhw, siŵr o fod,' meddai Rhys. 'Mae'n gwisgo rhyw fath o *padding* – so fe wedi'i anafu go iawn.'

Gwyliodd y ddau'r dyn yn syrthio oddi ar y ceffyl gan roi sgrech oedd yn atseinio drwy'r cwm.

'Andros o actor da . . .' meddai Mari. 'A ble mae'r camerâu? Does 'na unlle amlwg iddyn nhw guddio, nag oes?'

Edrychodd Rhys o'i gwmpas yn wyllt. Roedd hi'n iawn. Doedd dim golwg o gamera yn unlle. Ac yn sydyn, roedd y dynion gwyllt wedi gafael yn y dyn, a chriw arall yn rhedeg ar ôl y ceffyl. Roedden nhw'n taro'r dyn yn gas, yn gweiddi arno, ac yn rhwygo rhywbeth o'i ddillad. Llwyddodd y gweddill i ddal y ceffyl a'i dawelu, a dechrau chwilota yn y bagiau oedd ar gefn y cyfrwy.

'Maen nhw'n dwyn ei bethau o!' sibrydodd Mari.

'So nhw'n dwyn go iawn,' meddai Rhys. 'Actorion y'n nhw. Mae Dad yn gweithio i gwmni teledu, mae'n rhaid ei fod e'n gwybod bod hyn yn digwydd heddi, ac wedi trefnu'r cwbwl . . .'

'Fel jôc?'

'Ie.'

'Jôc ddrud iawn. Mae'n mynd i gostio ffortiwn i drwsio'ch car chi. Ble bynnag aeth hwnnw.'

Brathodd Rhys ei wefus. Roedd hi'n iawn. Doedd hyn ddim yn edrych fel jôc, a doedd y criw gwyllt o'i gwmpas ddim yn edrych fel actorion. Nid gwaed ffug oedd yn llifo allan o goes a thrwyn y dyn oedd ar y llawr chwaith.

'Falle y dylen ni adael . . . yn dawel fach . . .' awgrymodd Rhys, gan blygu'n araf fel ei fod ar ei bengliniau ac yna ar ei fol yn yr eira – a'r cleddyf yn ei law. Doedd ganddo ddim bwriad colli hwnnw.

'Cytuno,' meddai Mari, oedd eisoes wedi ceisio gwneud ei hun yn fach, fach. Dechreuodd y ddau gropian yn araf, araf i fyny'r cae.

Roedden nhw bron â chyrraedd y copa pan glywson nhw waedd. Trodd y ddau eu pennau'n syth, a gweld bod un o'r dynion gwallt coch wedi neidio ar gefn y ceffyl ac yn carlamu tuag atyn nhw, a haid o ddynion eraill yn rhedeg drwy'r eira ar ei ôl.

Edrychodd y ddau ar ei gilydd, a sgrechian yr un pryd: 'Rhed!'

Pennod 2

Rhedodd a baglodd y ddau am eu bywydau. Ond roedd sgidiau Rhys yn sglefrio a llithro yn yr eira, ac roedd yn difaru na fyddai wedi gweithio'n galetach yn ei wersi chwaraeon a chwarae mwy o bêl-droed yn hytrach nag *Angry Birds*; roedd ei goesau'n sgrechian a'i ysgyfaint yn bygwth mynd ar streic. Ond roedd y ferch – beth oedd ei henw hi eto? O ie, Mari. Roedd Mari'n mynd fel wiwer o'i flaen yn ei dillad sgio llachar, ac yn troi ei phen weithiau i weiddi arno.

'Ty'd, Rhys! Brysia!'

Ond *roedd* yn gwneud ei orau i frysio! Meddyliodd am adael y cleddyf yn y cae, ond na, roedd yn help mawr iddo symud drwy'r eira drwy ei ddefnyddio fel ffon. A beth bynnag, efallai y byddai'n ddefnyddiol pe bydden nhw'n cael eu dal . . . Roedd ei iPad yn boen hefyd, yn taro yn erbyn ei gefn gyda phob cam, ond doedd e DDIM yn mynd i daflu hwnnw! Gallai glywed sŵn y dynion yn gweiddi'r tu ôl iddo ac yn dod yn nes; gallai glywed y ceffyl yn agosáu'n rhyfeddol o gyflym – a sŵn cŵn hefyd! Roedd ganddyn nhw gŵn! Roedd Rhys yn casáu cŵn! Byth ers i'r corgi blin hwnnw ei frathu'n bedair oed, roedd ganddo eu hofn nhw! Daeth dannedd melyn, milain y corgi'n fyw yn ei ben eto, ac yn sydyn, rywsut, roedd yn gallu symud yn gyflymach – roedd bron â dal i fyny gyda Mari!

'Brysia, Mari! Mae cŵn 'da nhw!'

Roedd y ddau wedi cyrraedd top y bwlch. Roedd hi'n fwy gwastad yno, a diolch i'r gwynt, doedd yr eira ddim mor drwchus, felly roedden nhw'n gallu symud cymaint cyflymach – roedden nhw'n hedfan! Ond roedd y dynion gwyllt a'r cŵn a'r ceffyl yn gallu symud yn gyflymach hefyd. Sgrechiodd Rhys wrth deimlo rhywbeth yn bachu coes ei drowsus. Ci! Roedd ci wedi suddo'i ddannedd hyll i mewn i'w *chinos* glas, newydd sbon! Wedyn roedd braich gref wedi dod o rywle uwch ei ben, wedi cydio yng ngholer ei siaced a'i godi i'r awyr! Y dyn ar y ceffyl! Ac yna roedd dau ddyn a dau gi arall wedi gafael yn Mari ac yn ei llusgo hi tuag atyn nhw, a'i llygaid yn anferth gydag ofn.

'Be goblyn ydy'r ddau yma?' chwarddodd y dyn

ar y ceffyl. 'Weles i rioed y fath ddillad rhyfedd yn fy myw! Ac edrychwch ar y lliwiau!'

Roedd y Gwylliaid i gyd yn gwisgo dillad brown a llwyd oedd yn gymysgedd o grwyn amrywiol anifeiliaid, lledr a rhywbeth oedd yn debyg i ddeunydd sach. Rhythodd pob un ohonyn nhw'n hurt ar drowsus glas a siaced goch Rhys, a dillad sgïo pinc a melyn Mari.

'Merch! Yn gwisgo trowsus! Ac edrychwch ar ei bwtsias hi!' meddai'r talaf o'r ddau oedd yn cydio yn Mari, a rhythodd pawb yn syn ar y pâr o welingtons blodeuog oedd ganddi am ei thraed. 'Ble gest ti'r rheina?' gofynnodd y dyn yn gas iddi.

'Ym . . . be? Y welintyns 'ma?' gofynnodd Mari'n ddryslyd. 'Ym, o stondin yn sioe'r sir yn y Bala.'

'Y Bala? Ydyn nhw'n gwerthu pethau fel'na yn y Bala y dyddie yma?' meddai'r dyn gan droi i edrych ar ei gyfeillion.

'Weles i ddim byd tebyg pan fues i yno ddwetha,' meddai dyn â chraith hir ar draws ei wyneb. 'Dwi'n meddwl bod hon yn malu awyr.' Pwysodd yn ei flaen i edrych i fyw ei llygaid hi. 'Ond mae ganddi bres, yn sicr. Dim ond y byddigion sy'n gallu fforddio lliwiau llachar fel yna, a welais i rioed ferch yn gwisgo trowsus o'r blaen. Pwy wyt ti, ferch? Ac o ble ddoist ti?'

'Y . . . y . . . Mari Jenkins ydw i. A dwi'n byw lawr fan'cw,' meddai gan bwyntio i lawr y bwlch.

'Ble?' meddai'r dyn gan ei llygadu'n amheus.

'Caertyddyn,' meddai mewn llais bach, bach.

'Caertyddyn?' bloeddiodd y dyn. 'Ifan ap Siôn sy'n byw yn fan'no, siŵr, a does gynno fo ddim merch sy'n gwisgo bwtsias blodeuog! Does gynno fo ddim plant o gwbl!'

'Ym . . . nag oes? Ond . . . ym, dwi'm yn nabod 'run Ifan ap Siôn,' meddai Mari'n grynedig, a dagrau'n cronni yn ei llygaid. Roedd y graith ar wyneb y dyn mor ddwfn, mor hyll, nes gwneud iddi deimlo'n sâl.

'Wel nag wyt, siŵr. Byw efo'i fam mae o, a'r ddau'n bragu cwrw digon afiach i'w werthu am grocbris i bobol sy'n mynd a dod dros y bwlch.'

'Mae'n fwy o ddŵr na chwrw,' chwarddodd y dyn ar y ceffyl. 'Gad i ni weld a gawn ni fwy o synnwyr allan o'r bachgen 'ma,' meddai gan neidio oddi ar y ceffyl a chydio yng ngwallt Rhys nes roedd hwnnw'n gweiddi.

'Aros di funud! Gad i mi weld y cleddyf 'na!' rhuodd y dyn yn sydyn, gan chwipio'r cleddyf o law Rhys a'i astudio'n ofalus. 'Wel, ar f'enaid i! Fy nhad oedd pia hwn! Y cleddyf hud! Mae o wedi bod ar goll ers blynyddoedd! Lle gest ti afael ynddo fo, y dihiryn bach slei?!'

'Yn . . . yn yr eira! Lawr fan'co!' ceciodd Rhys, oedd bron â gwlychu ei hun ag ofn.

'Paid â deud celwydd! Ei ddwyn o wnest ti, ia? Oddi ar ddyn oedd ar fin marw!' Roedd y dyn yn pwyntio blaen y llafn at ei stumog, ac yn poeri i bob man, roedd o wedi gwylltio cymaint.

'Na! Wi-wi-wir! Sai rioed wedi cyfarfod eich ta-tad chi! Roedd y cleddyf yn styc yn y ddaear, lawr fan'na, dwi'n addo!'

'Wsti be, dwi'm yn dy gredu di,' meddai'r dyn gan ddechrau gwthio blaen y llafn yn araf i mewn i stumog Rhys.

'Mae o'n deud y gwir!' meddai Mari. 'Gadewch lonydd iddo fo!'

Trodd pawb i edrych yn syn ar Mari. Yna gwenodd y dyn â'r graith, a gollwng ei afael ynddi.

'Mae 'na fwy o fywyd yn hon na chwrw Ifan ap Siôn,' chwarddodd. 'Gad lonydd i'r bachgen, Wil Coed. Mae o wedi dychryn gormod i ddeud celwydd, ddeudwn i, a phrun bynnag, mae o'n rhy ifanc i fod wedi dwyn y cleddyf oddi ar dy dad.' Nodiodd Wil Coed ei ben yn araf a thynnu'r cleddyf yn ôl.

'Iawn, eglura pwy wyt ti a be ydy'r acen ryfedd

'na sydd gen ti, fachgen,' meddai, gan lanhau llafn y cleddyf yn ofalus.

'Rh-Rh-Rhys . . . Rhys ap Siencyn. O G-G-Gaer-Gaerdydd.'

'Caerdydd? Chlywes i rioed am y lle. Ond ti ydy'r un sydd wedi teithio, Siôn Wyllt. Fuest ti yno rioed?'

'Naddo,' meddai Siôn Wyllt, y dyn â'r graith. 'Ond glywes i sôn am ryw gastell Caerdydd. I lawr tua'r de, dwi'n meddwl.'

'I-i-ie. Tu . . . ym . . . cant pum deg milltir o fan hyn, dwi'n c-credu. Pri-pri-prifddinas Cymru.'

'Prifddinas Cymru?' chwarddodd dyn byr â'i wallt mewn plethen hir. 'O, felly wir, a faint o bobol sy'n byw yno?'

'T-tri chant pedwar deg chwech mil.'

Rhythodd pawb ar Rhys mewn anghrediniaeth.

'A ti'n deud bod hwn wedi dychryn gormod i ddeud celwydd, Siôn Wyllt!' poerodd Wil Coed. 'Does gan Gymru 'run brifddinas, siŵr dduw, a does 'na nunlle efo cymaint â hynny o bobol yn byw yno! Heblaw Llunden, hwyrach!'

'Mae o'n malu awyr yn waeth na'r ferch,' meddai'r dyn byr.

'Ac yn ddigon anodd ei ddallt hefyd,' meddai bachgen ifanc a'i wallt yn gochach hyd yn oed na'r gweddill. 'Be gebyst ydy'r acen ryfedd yna sydd gynno fo?'

'Acen Caerdydd, siŵr iawn, John Goch!' chwarddodd Wil Coed. 'Acen ffals o brifddinas ffals. Rŵan, dyna ddigon o falu awyr. Ty'd, gad i ni weld faint o bres sydd yn dy bocedi di, Rhys ap Siencyn – a thithe hefyd, Mari sydd-ddim-o-Gaertyddyn.'

Pecyn gwm cnoi oedd yr unig beth ym mhoced Mari.

'Be goblyn ydy hwn?' gofynnodd John Goch.

'*Chewing gum*,' atebodd hithau.

'Be?'

'Gwm cnoi.'

'Be? Rhywbeth i'w gnoi, ddeudist ti? Bwyd, felly?'

'Wel, naci. Ti jest yn ei gnoi o, heb ei lyncu.'

'Be ydy pwynt cnoi rhywbeth os nad wyt ti'n ei lyncu?'

'Ym . . . dwi'm yn siŵr.'

'Does 'na ddim digon yna i fwydo robin goch beth bynnag,' meddai Wil Coed. 'Gad i ni weld be sy gan y bachgen.'

Astudiodd pawb yr iPad, yr iPod, y ffôn symudol, y waled a'r hanner bar o siocled yn amheus.

'Be ar wyneb daear ydy'r rhain?' gofynnodd Siôn Wyllt. 'Gwaith y diafol?'

Roedd Rhys yn dechrau gwylltio bellach. Roedd

ei freichiau'n dal i frifo ar ôl i'r dynion blewog, drewllyd hyn gydio ynddo mor greulon wrth dyrchu drwy ei bocedi. Ac roedd y cŵn yn dal i sgyrnygu arno. Roedd yr holl sefyllfa'n hurt ac yn jôc.

'Sefwch funud!' meddai'n flin. 'Sai'n gallu credu nad ydych chi'n gwybod beth yw'r rhain, hyd yn oed yn y *back of beyond* fel hyn! Mae ffonau symudol yn bod ers blynydde, er bo nhw'n iwsles man hyn, gan fod cael signal yn gwbl amhosib! Ac os nad y'ch chi'n gwybod bod Caerdydd yn brifddinas, chi'n *absolute cretins*!'

Rhythodd pawb arno'n gegrwth am eiliadau hirion iawn, iawn.

'Ddalltodd unrhyw un air o hynna?' gofynnodd Wil Coed yn y diwedd. Ysgydwodd pawb eu pennau.

'Yli, ngwas i,' meddai Wil Coed yn fygythiol o araf, 'eglura i ni – mewn Cymraeg dealladwy – be ydy'r pethe 'ma. Neu mi dorra i dy ben di i ffwrdd efo'r cleddyf 'ma. Iawn?'

'Siocled ydy hwnna!' meddai Mari'n frysiog, gan amneidio at y pecyn glas tywyll. 'Rhywbeth allwch chi ei fwyta. Blaswch o! Gewch chi weld!'

'Byddwch yn ofalus,' meddai Siôn Wyllt. 'Efallai mai gwenwyn ydy o . . .'

Ond roedd y dyn tal eisoes wedi dechrau ei arogli, ac yna'i lyfu.

'Dydy o'm yn blasu fel gwenwyn i mi. A deud y gwir, mae o'n reit flasus . . . yn felys.'

'Gad i mi gael darn,' meddai John Goch, 'dwi bron â llwgu.' Torrodd y dyn tal sgwaryn ohono a'i roi i'r bachgen. Gwyliodd pawb y sgwaryn yn mynd i mewn i'w geg, ac yna'r gwefusau a'r ên yn symud yn araf wrth iddo ddechrau cnoi, ac yna'i lygaid yn fflachio'n sydyn.

'Nefoedd yr adar! Mae o'n hyfryd!' meddai John Goch, ar ôl llyncu, 'yn felys fel mêl, ond hyd yn oed yn well na mêl!'

Neidiodd y dynion eraill am y pecyn, a chyn pen dim roedd y cynnwys wedi diflannu, a'r rhai na chafodd ddarn yn cega a chwyno ac yn rhwygo'r pecyn ei hun yn ddarnau ac yn ceisio bwyta hwnnw.

Edrychodd Rhys a Mari ar ei gilydd. Doedd Rhys ddim yn siŵr ai chwerthin neu grio roedd eisiau ei wneud. Roedd gweld dynion yn ymddwyn fel anifeiliaid dros far o *Dairy Milk* yn chwerthinllyd, yn sicr, ond roedd yr iPad a'r iPod a'r ffôn wedi cael eu taflu i'r llawr yn y gyflafan. Llyncodd Rhys yn galed a gweddïo bod yr eira'n ddigon meddal i arbed ei iPad rhag torri. Gweddïodd hefyd na fyddai un o'r dihirod dwl yma'n sathru arno. Roedd yn dal i syllu ar y llawr yn nerfus pan ddaeth llaw fawr o rywle a chodi'r iPad. Y dyn tal. Y dyn rhyfeddol o dal. A llydan.

'Ti'n sbio'n go arw ar hwn, Rhys ap Siencyn,' meddai. 'Ydy o'n rhywbeth y gallwn ni ei fwyta?'

'Sai'n credu,' meddai Rhys. 'A fydden i ddim yn treial os y'ch chi'n moyn cadw eich dannedd.'

'Ha! Dwyt ti rioed yn meiddio bygwth Ieuan Brydydd Byr?' meddai Wil Coed.

'Sai'n bygwth neb!'

'Ond roedd o'n swnio fel bygythiad i mi . . . oedd o'n swnio fel bygythiad i ti, Ieuan?'

'Oedd, a deud y gwir,' meddai hwnnw. 'Roedd o'n swnio fel tase fo am roi swaden i mi, yn doedd? Yn awgrymu ei fod o, y creadur bach byrgoes, yn mynd i fedru estyn ei ddwrn i fyny fan hyn at fy ngên i a gwneud i nannedd i hedfan.'

'N-na, wir i chi, doeddwn i ddim yn awgrymu hynny, *honest-to-god*, nawr!'

'Dwi'n falch,' meddai Wil Coed. 'Achos fel y gweli di, dwi'n siŵr, nid ar chwarae bach mae bygwth Ieuan Brydydd Byr.'

'Sydd ddim yn fyr o gwbl, wrth gwrs,' gwenodd John Goch. 'Ond mae 'na Ieuan Brydydd Hir yn bod eisoes, ti'n gweld.'

'Roedd hwnnw'n fardd eitha da,' meddai Siôn Wyllt, 'ond mae'n Ieuan ni'n well.'

'O, diolch yn fawr i ti, Siôn,' meddai Ieuan Brydydd Byr, cyn sythu, pesychu a chyhoeddi mewn llais Eisteddfodol:

"Run nerth â'r Brenin Arthur,
wyf fardd, ac nid wyf yn fyr!
Yr wyf yn sicir hefyd:
fi yw bardd harddaf y byd!'

'Dwi'm yn siŵr am hynna chwaith,' meddai Siôn Wyllt, ar ôl i bawb orffen piffian chwerthin. Gyda'i drwyn mawr, cam a'i ddannedd melyn, doedd Ieuan Brydydd Byr ddim yn ddyn golygus, a dweud y lleia.

'Pawb at y peth y bo, gyfaill,' meddai Ieuan Brydydd Byr â gwên. 'Ond yn ôl at hwn sydd yn fy llaw: os nad oes modd ei fwyta, be ydy o?'

'iPad,' meddai Rhys, gan sylweddoli'n syth y byddai'n rhaid egluro'n fwy manwl. 'Ym . . . cyfrifiadur bychan . . . teclyn sy'n eich galluogi i gysylltu â'r we, derbyn ebyst . . . ym . . . negeseuon gan eich ffrindiau, chwarae ffilmiau, gêmau, cerddoriaeth . . .' Sylweddolodd fod pawb yn edrych yn syn arno eto, a chaeodd ei geg.

'Dangos iddyn nhw, Rhys,' meddai Mari.

'Ond sdim *wi-fi* fan hyn!'

Rhowliodd Mari ei llygaid.

'Jest cwpwl o lunie, fideos . . . be bynnag sy arno fo'n barod!'

'O ie, iawn. Ym . . ? Os rhowch chi e 'nôl i mi, alla i ddangos i chi,' meddai wrth Ieuan Brydydd Byr. Estynnodd hwnnw'r teclyn iddo a phwysodd Rhys y botwm. Roedd y batri'n dangos bod 80% o bŵer ar ôl, diolch byth. Ond roedd y calendr wedi mynd yn rhyfedd – heb ddyddiad o gwbl. Y sioc o gael ei daflu i'r eira, meddyliodd Rhys. Gweddïodd y byddai popeth arall yn gweithio, a diolch byth, roedd yn gallu agor ei ddogfennau'n iawn.

'Llun neu ddau i ddechre?' holodd, gan agor ei ffolder lluniau. 'Dyma chi,' meddai, 'llun o'n ci ni gartre.'

Agorodd llygaid y Gwylliaid fel soseri wrth weld llun lliw mawr o labrador du.

'Sut gawsoch chi'r fuwch yna i mewn i fan'na?' ebychodd John Goch.

'Nage buwch yw e – ci!' meddai Rhys. 'Ac edrych, dyma fy ffrindie ysgol i.'

'Be wnest ti? Eu darlunio nhw i gyd?' gofynnodd Wil Coed, oedd yn ffansïo'i hun fel tipyn o gerfiwr pren. 'A sut gest ti'r fath liwiau?'

'Na, ffotograffau ydyn nhw,' meddai Rhys. 'Mae 'da fi fideos hefyd, arhoswch eiliad . . .' Chwiliodd am fideo da a phwyso'i fys ar yr un o'i ffrindiau'n dawnsio'n wyllt ac yn wirion i gyfeiliant un o ganeuon Eminem.

'AAAAA!' sgrechiodd y Gwylliaid a neidio a baglu 'nôl mewn braw.

'Be ar y ddaear? Pwy ydy'r bobol fach yna?'

'Fy ffrindie i!'

'Dy ffrindie di? Pam dy fod ti wedi'u gwasgu i mewn i fan'na 'ta?!'

'A'r sŵn erchyll yna! Dio'm yn iawn! Gwaith y diafol ydy o!'

'Dewin ydy o!' gwaeddodd llais o'r cefn.

'Ia, dewin! A gwrach ydy hi!' meddai dau neu dri arall.

'Lladdwch nhw!' sgrechiodd rhywun.

'Ia, lladdwch nhw rŵan!' sgrechiodd hanner dwsin o Wylliaid oedd wedi dychryn yn rhacs.

Crafangai dwylo a bysedd milain am eu pennau a'u breichiau. Sgrechiodd Mari wrth i rywun ei llusgo i'r llawr gerfydd ei gwallt. Roedd Rhys eisiau sgrechian ond allai o ddim – roedd rhywun yn hanner ei grogi, yn gwasgu ar ei gorn gwddw, a rhywun arall yn ei gicio'n filain yn ei gefn, a'r cŵn yn cyfarth ac yn udo, yn ysu am gael darn ohono.

Dwi'n mynd i farw, meddyliodd, yng nghanol nunlle, cael fy lladd gan *bunch of complete psychos.* Ond sai'n moyn marw . . . dwi'n rhy ifanc i farw . . .

Roedd pethau digon tebyg yn mynd drwy feddwl Mari, oedd yn cicio ac yn strancio fel cath wyllt wrth ei ochr.

'Arhoswch!' gwaeddodd rhywun – rhywun â llais awdurdodol. A pheidiodd y crogi a'r cicio a'r strancio. Agorodd Rhys ei lygaid a gweld Wil Coed yn sefyll uwch ei ben. Plygodd hwnnw i lawr a chodi rhywbeth o'r llawr: het *beanie* Rhys oedd wedi dod i ffwrdd yng nghanol y cwffio. Ond nid edrych ar yr het roedd Wil, ond arno fe, Rhys. Yna trodd Wil Coed at Mari, oedd hefyd wedi colli ei chap gwlân wrth strancio nes bod ei gwallt hir wedi dod yn rhydd, gwallt fflamgoch, sylwodd. Gwallt oedd bron mor goch â gwallt Rhys ei hun. A dyna pryd sylweddolodd y ddau mai syllu'n gegrwth ar eu gwalltiau roedd y Gwylliaid.

Pennod 3

Ar ôl oriau o gerdded a baglu a chael eu llusgo'n ddiamynedd drwy'r eira gan y Gwylliaid, roedd y ddau wedi blino'n rhacs. Teimlai traed Rhys fel talpiau o rew yn ei sgidiau gwlyb ac roedd ei goesau'n teimlo fel pe bai wedi rhedeg marathon. Roedd gwell siâp ar Mari, ond doedd hithau, chwaith, erioed wedi cerdded mor bell, mor gyflym. Meddyliodd ar y dechrau mai'r ffaith fod coesau'r dynion gymaint hirach na'i choesau hi oedd yn eu galluogi i gerdded mor gyflym. Ond na, roedd y bachgen, John Goch, oedd ddim yn edrych fawr hŷn na hi, ac yn fyrrach na Rhys, yn camu'n hawdd a didrafferth hefyd. Roedd o hyd yn oed yn rhedeg weithiau, ac yn dringo i fyny coed a chreigiau fel mwnci i wneud yn siŵr fod y ffordd o'u blaenau'n glir.

Ond welson nhw neb. Doedd hynny ddim yn

syndod, gan eu bod wedi mynd dros y mynyddoedd yn hytrach nag ar hyd y ffordd fawr – os oes 'na ffasiwn beth â ffordd fawr o dan yr holl eira 'na, meddyliodd Mari. Roedd hi'n gwybod yn iawn i ba gyfeiriad roedd yr A470 yn mynd, ond roedd hi'n amau a oedd unrhyw fath o darmac arni rŵan . . . Doedd hi ddim wedi cael cyfle i drafod efo Rhys beth yn union oedd wedi digwydd iddyn nhw. Roedd Siôn Wyllt wedi gweiddi arni i gau ei cheg pan driodd hi sibrwd rhywbeth wrth Rhys ar ddechrau'r daith, ac o hynny ymlaen, roedden nhw wedi cael eu cadw'n ddigon pell oddi wrth ei gilydd. Byddai ceisio siarad wrth gerdded wedi bod yn amhosib beth bynnag; roedd hi'n ddigon anodd canolbwyntio ar anadlu!

Roedd Mari'n gwybod mai i gyfeiriad y dwyrain roedden nhw wedi mynd. Oni bai am y niwl a'r eira, byddai ganddi syniad eitha da lle roedden nhw, ond doedd dim modd gweld copa unrhyw fynydd nac unrhyw olwg o lyn, dim byd ond eira ac ambell wrych neu goeden. Ond roedd y Gwylliaid yn amlwg yn sicr iawn o'r ffordd.

O'r diwedd, roedden nhw wedi dringo i lawr i ddyffryn lle roedd afon yn igam-ogamu drwyddo. Gallai weld ambell gynffon o fwg yn dod o dŷ neu dyddyn yma ac acw, ond cadw'n ddigon pell o'r rheiny wnaeth y Gwylliaid. Mlaen â nhw drwy goedwig drwchus, llawn coed derw, nes cyrraedd, o'r diwedd, at droed craig serth, lle roedd ambell gwt coed blêr yma ac acw yn erbyn y graig a rhai o'r coed, ac ambell fuwch a gafr ynddyn nhw.

'Dyma ni,' meddai Wil Coed. 'Croeso i'n cartref. Dyma pam nad oes neb yn gallu dod o hyd i Wylliaid Cochion Mawddwy!'

Edrychodd Rhys arno'n hurt. Cartref? Sied neu ddwy ar waelod craig mewn coedwig? Roedd o angen bath poeth a gwely cynnes mewn llofft gyda gwres canolog! Ond yna, symudodd y dynion ddarn o wrych trwchus i'r ochr i ddatgelu ceg ogof. Un go fawr hefyd.

'I mewn â chi i'n lletty ni,' meddai Ieuan Brydydd Byr, 'lle mae'r hyn dwi'n ei arogli'n codi'r awydd i farddoni!'

'Mwy o odli na barddoni . . .' gwenodd Siôn Wyllt. 'Ond ti'n iawn, mae 'na arogl da yma. Dowch, gyfeillion gochwallt! Mae'n siŵr eich bod chithe ar lwgu hefyd.'

Camodd Rhys a Mari i mewn i'r ogof, lle roedd ieir a mwy o eifr a chŵn – a'u baw, sylwodd Rhys – yma ac acw, a thân yn mygu, a'r mwg yn diflannu i fyny drwy hollt yn y graig. Roedd gwraig â mwng hir o wallt coch, blêr yn troi rhyw fath o gawl oedd yn berwi a phoeri mewn crochan mawr oedd yn crogi oddi ar ddarn o haearn uwchben y tân. Roedd arogl da arno, yn bendant, ac mae'n siŵr mai dyna pam fod rhyw ddwsin o blant bychain gwallt coch yn hofran o gwmpas y crochan, ac yn gyrru'r wraig yn benwan.

'Cerwch o 'ma'r tacle! Faint o weithie sy raid i mi ddeud?' gwaeddodd y wraig gan geisio rhoi celpen i ambell un o'r plant â'i llwy bren anferthol. 'A Twm, mi wna i dy dagu di os feiddi di roi bys i mewn yn hwn eto! Llosgi dy fys wnei di, 'sti, a chrio fel babi wedyn! Paid â disgwyl i mi dendio arnat ti!'

Yna cododd ei phen wrth sylwi bod ganddi gwmni ychydig hŷn na'r plant bach blêr oedd bron i gyd ag afon werdd, snotlyd yn llifo o'u trwynau. Trodd Rhys ei drwyn. Doedd ganddo fawr o amynedd gyda phlant bach, yn enwedig rhai budron, blêr a drewllyd fel y rhain. Roedden nhw i gyd wedi stopio'n stond i rythu'n gegagored ar Mari ac yntau.

O, ych, meddyliodd, wrth sylwi ar un hogyn bach tua thair oed. Os na wnaiff e gau ei geg yn weddol gyflym, bydd y snot yna'n llifo i mewn i'w geg . . .

'Pwy ydy'r pethe rhyfedd yma?' gofynnodd hen, hen wraig â gwallt hir, gwyn a thrwyn cam oedd yn eistedd yn y gornel yn gwau. Roedd hi'n amlwg mai cyfeirio at Rhys a Mari roedd hi. Hy, edrychwch gartre, meddyliodd Rhys. Blincin *cheek* yn dweud taw ni sy'n rhyfedd – chi'n edrych fel rhyw hen wrach!

'Dydan ni'm yn hollol siŵr eto, Dorti,' meddai Wil Coed. 'Eu dal nhw ar Fwlch yr Oerddrws wnaethon ni, efo cleddyf fy nhad – y cleddyf hud fu ar goll cyhyd, a rhyw declynnau hudol eraill hefyd. Ond maen nhw'n siarad Cymraeg – o fath, ac mae'u henwau nhw'n Gymraeg. Rhys ydy hwn a Mari ydy hon. Ac ylwch,' meddai gan dynnu capiau'r ddau oddi ar eu pennau.

'Dyma ddau a'u gwalltiau'n goch,' meddai Ieuan Brydydd Byr, 'merch wen a bachgen bochgoch!'

Syllodd Dorti, yr hen wraig, arnyn nhw'n llawn diddordeb drwy ei mwng o wallt gwyn.

'Wela i,' meddai. 'A be ydy'r dillad rhyfedd 'ma sydd gynnyn nhw?'

Roedd y plant bach wedi dod yn nes atyn nhw, ac ambell un wedi mentro estyn llaw fudr i geisio cyffwrdd â'u dillad.

'Gad lonydd!' dwrdiodd Lowri, y wraig oedd yng ngofal y crochan, cyn i Rhys ddweud rhywbeth tebyg. Ond camu mlaen wnaeth hithau hefyd, a byseddu côt sgio binc Mari'n chwilfrydig.

'Mae'n edrych fel sidan, ond nid sidan mohono,' meddai. 'Ac mae'n drwchus, wedi'i stwffio â rhywbeth . . . be roist ti ynddo, ferch?' gofynnodd.

'Ym . . . dim byd. Fel hyn brynes i hi,' meddai Mari.

'*Down jacket* yw hi, felly plu sydd ynddi,' meddai Rhys, braidd yn ddiamynedd. Roedd eisiau cawod arno – a bwyd.

'Plu? Wel . . . am syniad gwych. Ond be am y chwain?'

'Chwain? Pa chwain?' meddai Mari'n ddryslyd.

'Mae chwain wrth eu bodd mewn plu, siŵr!'

'Os nad wyt ti'n gyfarwydd â chwain eto, mi fyddi di heno!' chwarddodd yr hen wraig. 'Maen nhw'n berwi yma!'

Roedd Rhys yn dechrau teimlo'n sâl.

'Digon o falu awyr,' meddai Wil Coed. 'Steddwch, ac eglurwch i ni i gyd pam fod gennych chi wisg mor rhyfedd a theclynnau efo pobol bach ynddyn nhw.'

Estynnodd y Gwylliaid stôl bren yr un iddyn nhw, ac eisteddodd y ddau'n fud.

'Ym . . . sai'n hollol siŵr shwt i egluro,' meddai Rhys. 'Ga i ofyn rhywbeth i chi yn gynta?'

'Cei, wrth gwrs,' meddai Siôn Wyllt.

'Mae hyn yn mynd i swnio'n rhyfedd, ond . . . pa flwyddyn yw hi?'

Tawelwch, a phawb yn edrych arno'n hurt am rai eiliadau.

'Pa flwyddyn? Sut fath o gwestiwn ydy hynna?' chwarddodd Wil Coed.

'Ddwedes i ei fod e'n mynd i swno'n rhyfedd . . .' meddai Rhys. 'Ond ry'n ni wir angen gwybod.'

'1554,' meddai'r hen wraig. 'Pam?'

Edrychodd Rhys a Mari ar ei gilydd.

'Ym . . .' meddai Mari. 'Reit, mae 'na rywbeth rhyfedd wedi digwydd felly. Nid 1554 oedd hi bore 'ma. Ddim i ni, o leia.'

'O? Pa flwyddyn oedd hi i chi, felly?'

Edrychodd y ddau ar ei gilydd eto. Roedd y peth yn hurt, ond . . .

'2014,' meddai Rhys.

Aeth pawb yn yr ogof yn fud am eiliad.

'Alla i brofi'r peth,' meddai Rhys, 'os rhowch chi fy waled yn ôl i mi.'

'Waled? Gan bwy mae honno?' gofynnodd Wil Coed i'r dynion.

'Fi,' meddai dyn bach tenau â barf hir, denau. 'Ond does 'na'm byd ond rhyw ddarnau papur rhyfedd a rhyw bres bach, bach, da i ddim ynddo fo.'

Gwnaeth Wil arwydd iddo roi'r waled yn ôl i Rhys, a chwiliodd hwnnw am arian mân ynddi'n syth.

'O fflip, sdim byd ar y deg ceiniog 'ma . . . a-ha! Dyma ni! Edrychwch ar y dyddiad ar y darn punt 'ma! 1995 – ac ar y darn dau ddeg ceiniog – 2011!'

'Ond 2014 ddwedaist ti . . .' meddai Siôn Wyllt.

'Ie, ond dyma pryd gafodd y darnau hyn eu gwneud. A dyma wyneb y Frenhines Elizabeth . . .'

'Elizabeth? Ond Mary ydy brenhines Lloegr rŵan, yn de?' meddai Ieuan Brydydd Byr.

'O'n i'n meddwl mai brenin oedd gynnon ni – wel, nhw: Edward,' meddai Lowri.

'Naci, mi fuodd y creadur hwnnw farw'r llynedd, yn bymtheg oed,' meddai Wil Coed. 'Wedyn Jane Grey gafodd ei gwneud yn frenhines, ond aeth Mary ar ei hôl hi a'i rhoi hi yn y tŵr, ac mi dorron nhw ben y greadures honno i ffwrdd fis Chwefror, meddan nhw – a dim ond rhyw un ar bymtheg oedd honno!'

'Nefi wen, mae bod yn aelod o'r teulu brenhinol yn joban beryglus, tydy?' meddai Lowri.

'Iechyd, yndi,' meddai Ieuan Brydydd Byr, 'a dwi'n amau na wnaiff y Mary 'na bara'n hir, achos mae 'na sôn bod ei chwaer hi – Elizabeth – yn fwy o ddynes o lawer.'

'Chi'n iawn, fe fydd hi'n frenhines cyn bo hir,' meddai Rhys, 'Elizabeth y Cyntaf. Ond Elizabeth yr

Ail yw hon ar y darn arian yma, gafodd ei choroni yn . . . pryd oedd e, Mari?'

'Does gen i ddim syniad,' meddai honno. 'Dydan ni'm wedi sôn am bethe fel hyn yn ein gwersi Hanes ni eto.'

Ochneidiodd Rhys. Roedd o wedi astudio hyn i gyd yn ddeg oed, yn yr *Encyclopedia* gafodd o ar ei ben-blwydd.

'Tua 1953, dwi'n credu, ac mae'r hen fenyw'n dal i fynd. Nawr ydych chi'n ein credu ni taw 2014 oedd hi bore 'ma?'

Cododd Wil Coed ei aeliau.

'2014 . . . Dydy hynna ddim yn gwneud synnwyr o gwbl,' meddai.

'Na, 'dan ni'n gwybod,' meddai Mari. 'Dyden ni'm yn deall y peth chwaith, ond ro'n i'n chwarae yn yr eira ar ben y bwlch, ac roedd Rhys a'i dad yn dod i fyny yn y car . . .'

'Car? Be ydy car?' gofynnodd Wil Coed.

'Math o gerbyd ar olwynion,' eglurodd Rhys. 'Ddangosa i lun i chi ar yr iPad wedyn – a gawson ni ddamwain, a chyfarfod Mari, a daethon ni o hyd i'r cleddyf yna yn yr eira, a bang – roedden ni yn eich byd chi. Wedi teithio dros bedwar can mlynedd yn ôl i'r gorffennol rywsut. *Incredible, but true*! Mae e fel rhywbeth mas o ffilm, on'd yw e?'

'Oes 'na rywun yn dallt gair mae'r còg* bach yma'n ei ddeud?' holodd Wil Coed.

'Dwi'n meddwl ei fod o'n sôn am ryw fath o ddewiniaeth,' meddai'r hen wraig. 'Ydw i'n iawn, Mari? Rwyt ti'n haws dy ddeall. Be ydy hyn am "deithio i'r gorffennol"?'

'Wel, hyd y gwela i, ia, dyna sydd wedi digwydd,' meddai Mari. 'Pan gydiodd Rhys a finne yn y cleddyf acw . . . mi ddigwyddodd rhywbeth; mi ddiflannodd fy nghi defaid, y car a phopeth arall, ac wedyn, welson ni'r dynion yma'n ymosod ar ryw ddyn ar gefn ceffyl. A dyma ni – yn ôl yn 1554 . . . meddech chi. Ond dwi'n gobeithio mai breuddwydio ydw i ac y gwna i ddeffro yn y munud.'

Roedd mwy o bobl a phlant wedi bod yn dod fesul dau a thri i mewn i'r ogof, a neidiodd un o'r plant hynaf ymlaen a rhoi pinsiad i Mari ar ei phen-ôl.

'Aaaaw!' gwaeddodd honno.

'Na, dwyt ti ddim yn breuddwydio!' gwenodd y plentyn.

* còg – bachgen

'Siencyn! Gad lonydd iddi!' dwrdiodd y wraig wrth y crochan. 'Mae'n ddrwg iawn gen i, Mari, mae o'n fab i mi, ac mae o'n fy ngyrru i'n wirion. O, a Lowri ydw i gyda llaw, mam i saith o'r rhain, yn cynnwys John, yr un rydach chi'n ei nabod eisoes. Rŵan 'ta, dwi'n cynnig ein bod ni'n meddwl am hyn dros ein swper . . .'

Roedd hynny'n plesio pawb, a chyn pen dim roedd gan Mari a Rhys lond powlenni pren o gawl poeth yn eu dwylo.

'Beth yw e?' sibrydodd Rhys wrth Mari'n ddrwgdybus.

'Be wn i? Cawl o ryw fath. Mmm . . . mae 'na ogla da arno fo beth bynnag.' Edrychodd Mari o'i chwmpas, gan ddisgwyl gweld llwyau'n cael eu rhannu rhwng pawb, ond na, yfed yn syth o'u powlenni roedd y lleill, felly dyna wnaeth hithau hefyd. 'Iyyym! Mae o'n lyfli!' meddai.

'Lyfli? Be mae hynny'n feddwl?' gofynnodd Siencyn, oedd wedi eistedd wrth draed Mari, ac yn yfed ei gawl yn swnllyd ac eitha anifeilaidd, ym marn Rhys.

'Lyfli? Wel . . . blasus, hyfryd,' meddai Mari.

'Pam na wnest ti ddeud hynny 'ta?' gofynnodd Siencyn eto. 'Mae lyfli'n swnio fel gair Saesneg i mi. Wyt ti'n gallu siarad Saesneg?'

'Ydw.'

'Go iawn? Sut hynny?'

'Wel, yn yr ysgol, drwy'r teledu . . .'

'Be?'

'O, stori hir arall . . . ond mae 'na Saesneg o'n cwmpas ni ym mhobman rŵan.'

'Mae llai na 20% o'r boblogaeth yn siarad Cymraeg nawr,' meddai Rhys, oedd yn sipian y cawl yn amheus.

'Be?' meddai Wil Coed, gan hanner tagu ar ei gawl yntau. 'Wyt ti o ddifri, fachgen?'

'Ydw. Mae llai a llai o bobol yn gallu siarad Cymraeg mewn ardaloedd fel Gwynedd, Ceredigion a Phowys.'

Edrychodd y Gwylliaid arno'n syn.

'Pam? Be sy'n mynd i ddigwydd – neu . . . be ddigwyddodd?' gofynnodd Siôn Wyllt mewn braw.

Edrychodd Rhys a Mari ar ei gilydd.

'Ym . . . wel, mwy o bobol o Loegr yn dod i fyw yma yn un peth,' meddai Mari.

'A llai o rieni'n siarad Cymraeg 'da'u plant, fi'n credu,' ychwanegodd Rhys, 'a dylanwad America ar . . .'

'Ble?' meddai Wil Coed.

'America . . . o, sefwch funud, so chi wedi clywed

am y lle eto, naddo? Wel, mae Sbaenwr o'r enw Christopher Columbus eisoes wedi darganfod y wlad anferthol hon dros y môr yn . . . yn 1492, a bydd pobol o Brydain yn mynd yno cyn bo hir nawr . . . o, iyffach, fe fyddwn ni 'ma drwy'r nos os oes raid i fi adrodd hanes y byd i chi . . .'

'Ia, gadewch lonydd i'r bachgen fwyta'i gawl,' meddai Dorti, yr hen wraig, oedd wedi bod yn gwrando'n astud. 'A phrun bynnag, dwi'm yn siŵr pa les wneith o i ni gael gwybod am bethau sydd ddim wedi digwydd eto . . . os byddan nhw'n digwydd o gwbl, yn de,' ychwanegodd. 'Wedi'r cwbl, dydan ni'm yn gwybod eto ydy'r ddau yma'n deud y gwir, nac'dan?'

'Ond . . .' dechreuodd Rhys, ond cododd Lowri ei llaw yn syth.

'Dim gair arall nes byddwn ni wedi gorffen bwyta.'

Ufuddhaodd Rhys, gan sylweddoli na fyddai byth yn ufuddhau fel yna i'w dad – na'i fam o ran hynny. Ond roedd rhywbeth yn llygaid y Lowri yma oedd yn dangos yn glir nad oedd hi'n ddynes i gega â hi. Ac roedd rhywbeth yn rhyfedd iawn am yr hen Dorti yna; fyddai o ddim eisiau ei chroesi hi ar frys chwaith. Cododd y cawl at ei wefusau, ac yfed. Roedd yn rhyfeddol o flasus . . . ond yna, teimlodd rywbeth caled yn erbyn ei ddannedd. Edrychodd yn y bowlen i weld be oedd o . . . asgwrn!

'Alla i ddim bwyta hwn!' sibrydodd wrth Mari. 'Mae cig ynddo fe!'

'Oes 'na broblem?' gofynnodd Lowri.

'Ym . . . wel, oes, mae arna i ofn. Sai'n bwyta cig.'

'Ddim yn bwyta cig?' chwarddodd Wil Coed. 'Ti'n lwcus goblyn i gael darn o gig yn hwn! Ty'd â fo i mi!' Estynnodd ei fysedd i mewn i bowlen Rhys, bachu'r asgwrn a'i daflu i mewn i'w geg ei hun.

'Ga i ofyn *pam* nad wyt ti'n bwyta cig?' gofynnodd Ieuan Brydydd Byr.

'Dwi'n llysieuwr,' meddai Rhys, oedd yn dal i fethu credu bod bysedd budron Wil Coed wedi bod yn ei gawl.

'Be?' meddai pawb.

'Llysieuwr, rhywun sydd ddim yn bwyta cig. Sai'n credu mewn lladd anifeiliaid.'

Rhythodd pawb arno'n hurt, yn methu credu eu clustiau.

'Ddim yn credu mewn . . ?' Allai Wil Coed ddim hyd yn oed gorffen y frawddeg. 'Wel, llwgu wnei di felly, machgen i. Mae 'na ddigon o lysiau o gwmpas yn yr haf a'r hydref, ond ganol gaeaf fel hyn, mae angen pob darn o gig allwn ni ei ddal!' chwarddodd, cyn troi at Mari. 'Dwyt *ti* ddim 'run fath, wyt ti?'

'Nac'dw. Wedi cael fy magu ar gig oen,' gwenodd.

'Falch o glywed. Ar be wyt ti'n byw os nad wyt ti'n bwyta cig?' gofynnodd i Rhys.

''Bach o bopeth. *Veggie curries*, caws, Thai . . .'

'Tai? Ti'n bwyta tai?' meddai Siencyn, a'i lygaid fel olwynion cert.

'Nage tai fel'na!' chwarddodd Rhys. 'Bwyd o wlad Thai . . . o, sdim ots. Ond alla i ddim bwyta hwn.' Trodd at Lowri a gofyn: 'Oes modd cael omlet?'

Rhythodd Lowri arno heb ddweud gair, a gallai Rhys deimlo llygaid pawb arall arno hefyd.

'Ym . . . sori, so chi'n gwybod beth yw omlet, y'ch chi? Chi'n curo cwpwl o wyau, wedyn chi'n . . .' Ond roedd llygaid Lowri yn pefrio cymaint fel y penderfynodd gau ei geg.

'Fan hyn, ti'n byta be ti'n gael, yr un fath â phawb arall,' meddai Wil Coed. 'Ac os nad wyt ti'n mynd i fwyta hwnna, mi wna i,' ychwanegodd, gan fachu'r bowlen o ddwylo Rhys a'i dywallt i mewn i'w geg.

'Cig beth oedd e, ta beth?' gofynnodd Rhys ar ôl rhai munudau o wylio'r bobol anifeilaidd hyn yn crensian esgyrn yn swnllyd a phoeri ar y llawr.

'Wiwer,' meddai Lowri, 'efo mymryn o frân.'

Trodd pawb yn syn pan ddechreuodd Mari dagu a phesychu.

PENNOD 4

Doedd yr un o'r ddau wedi disgwyl gallu cysgu llawer. Roedd eu pennau'n troi gyda chwestiynau, roedd eu dillad yn damp, a doedd y twmpathau o wair a rhedyn roedd pawb wedi setlo i gysgu arnyn nhw ddim yn edrych yn gyfforddus na glân, a dweud y lleia. Oer neu beidio, doedd Rhys ddim yn rhy awyddus i roi croen dafad drosto'i hun fel blanced ar y dechrau, chwaith. Roedd yn siŵr ei bod yn ferw o chwain, ac roedd yn berffaith siŵr fod baw iâr yn ei siâr yntau o'r rhedyn. Sioc hefyd oedd gweld bod pawb yn cysgu yn yr un lle, yn bobl ac anifeiliaid, bron yn sownd wrth ei gilydd, a rhai ar draws ei gilydd! Roedd y ddau wedi credu na fydden nhw byth, byth yn gallu syrthio i gysgu yng nghanol ugeiniau o gyrff eraill oedd yn chwyrnu a gwichian a gollwng gwynt drwy'r nos, ond gan eu bod wedi blino mor ofnadwy, cysgodd y ddau fel tyrchod.

Siencyn ddaeth i'w hysgwyd yn effro.

'Bore da!' meddai'n siriol. 'Mae Lowri wedi penderfynu gneud bwyd i ni! Dydan ni byth yn bwyta yn y bore fel arfer, ond os na chodwch chi rŵan, fydd 'na ddim uwd ar ôl.'

Gan ei fod yn llwgu, llyncodd Rhys ei uwd yn syth.

'Mwy o ddŵr na llaeth ynddo fe,' meddai, 'a blas gwahanol iawn i *Ready Brek*, ond mae e'n ocê.'

'Does gen i'm clem be sy yn dy "redi brec" di, be bynnag ydy hwnnw,' meddai Lowri, 'ond mae'r ceirch yn brin, felly mae 'na fwy o fes yn hwn.'

'Mes? *Acorns*? Ond o'n i'n credu taw gwenwyn oedd y rheiny!'

'Paid â bod yn wirion. Os ydyn nhw'n ddigon da i wiwer, maen nhw'n ddigon da i ni.'

'O, wel, ie, *I suppose*. Ond bydde fe'n well gyda bach o hufen gyda fe . . .'

'Hufen!' chwarddodd Lowri. 'Chei di fawr o hwnnw tra byddwch chi efo ni, ngwas gwyn i.'

Trodd Rhys at Mari.

'Ie, dyna'r cwestiwn mawr – faint fyddwn ni yma?'

'Ro'n i wedi gobeithio mai breuddwyd oedd y cyfan ac y byddwn i'n deffro yn fy ngwely fy hun bore 'ma,' meddai Mari. 'Ond dwi'n dechre poeni rŵan mai yma fyddwn ni am byth . . . ac na cha i fyth weld Mam a Dad eto, na Robin, fy mrawd bach, na fy ffrindie, na Nel . . .' Roedd ei llygaid yn sgleinio ac yn dechrau llenwi â dagrau.

'O, sai'n credu hynny,' meddai Rhys, ond gan deimlo'i stumog yntau'n suddo i'w sgidiau, a'i lygaid yn dechrau sgleinio wrth feddwl am beidio gweld ei ffrindiau a'i deulu a'i gartref byth eto.

Gwyliodd Lowri nhw'n ofalus.

'Dwi'n siŵr y cewch chi fynd adre cyn bo hir. Fyswn i'm yn poeni gormod taswn i'n chi.'

'Ond dyna'r peth! Nage *ni* y'ch chi!' protestiodd Rhys. 'So *chi* wedi cael eich rhwygo o'r byd ry'ch chi'n ei nabod i fyd sy'n hollol, hollol ddierth! So chi'n wynebu bywyd heb eich teulu a'ch ffrindie . . . a . . . a heb drydan na teli!'

'Na. Ti'n iawn. Mae'n ddrwg gen i,' meddai Lowri'n dawel. 'Roedd hynna'n beth dwl i'w ddeud. Er, does gen i ddim syniad be ydy "trydan" na'r peth "teli" 'ma, ond mi rydw i'n gwybod yn iawn sut deimlad ydy wynebu bywyd heb bobol dwi'n eu caru . . .'

Edrychodd Rhys a Mari arni, a chofiodd Rhys yn sydyn am hanes y Gwylliaid.

'Gwylliaid Cochion Mawddwy . . . wrth gwrs.

Chi'n cael eich herlid o hyd, on'd y'ch chi – gan yr awdurdodau . . .'

'Byth a hefyd,' meddai Lowri'n drist. 'A'r cwbl oherwydd i'n teuluoedd gefnogi Owain Glyndŵr, a hynny dros gan mlynedd yn ôl! Fe gollodd ein hen deidiau eu heiddo i gyd; roedd y Brenin Harri am waed pawb gefnogodd wrthryfel Glyndŵr. Mi gafodd cannoedd eu lladd, ond llwyddodd rhai i ddianc, a byth ers hynny, rydan ni, eu plant a phlant eu plant, yn byw ac yn cuddio mewn coedwigoedd ac ogofâu.'

Roedd rhai o'r dynion wedi bod yn gwrando ar y sgwrs, a chamodd Wil Coed ymlaen.

'Eisiau gwybod ein hanes ni ydach chi, ia? Wel, yn wahanol i'r hyn mae pawb yn ei gredu bellach, nid pobol ddrwg ydan ni, iawn?'

'Ond . . .' Roedd Mari wedi agor ei cheg heb feddwl.

'Ond be?' meddai Wil Coed gan wgu arni.

'Wel . . .' petrusodd Mari. Oedd hi'n mynd i ddifaru dweud hyn? O, stwffio fo! Roedd hi eisiau gwybod a dyna ni. Anwybyddodd Rhys yn gwneud llygaid soseri arni. 'Roeddech chi'n dwyn oddi ar y dyn druan 'na ddoe,' meddai'n araf ac yn bwyllog. 'Pam? Be oedd o wedi'i neud i chi?'

Astudiodd Wil Coed hi'n ofalus.

'Cwestiwn digon teg,' meddai, a llwyddodd Rhys i anadlu'n iawn eto. Roedd o wedi bod yn dal ei wynt ers i Mari agor ei cheg. 'Yli,' aeth Wil yn ei flaen, 'rydan ni wedi cael ein gorfodi i grafu byw, ac weithie mae'n rhaid dwyn ambell ddafad a gwagu pwrs ambell un sydd â hen ddigon i'w rannu beth bynnag. Na, doedd y dyn yna ddim wedi gwneud dim i ni, ond roedd gynno fo bres – roedd hynny'n amlwg o'r ceffyl a'r cyfrwy a'r dillad roedd o'n eu gwisgo. Mae'n siŵr fod ei deulu o wedi bod yn cowtowio i'r awdurdodau, neu wedi gwadu iddyn nhw rioed gefnogi Glyndŵr. Pam ddylai bradwr fel yna gael byw yn fras a ninnau fel anifeiliaid? Y?

'Sbia o dy gwmpas di,' meddai wedyn, gan gyfeirio at yr holl blant oedd wedi rhoi'r gorau i gega dros weddillion yr uwd a chwarae â'r cŵn i wrando arno'n traethu. 'Mi fysa'r rhain i gyd yn llwgu ac yn marw tasen ni ddim yn dwyn bob hyn a hyn. Fysa'n well gen ti weld hynny, bysa?'

Ysgydwodd Mari ei phen gan deimlo gwres yn codi i'w bochau.

Yna camodd Siôn Wyllt ymlaen, ond gan wenu.

'Mae'n siŵr ein bod ni'n edrych fel dihirod i chi'ch dau, ac oes, mae 'na ambell un – fel fi – doedd gen i nunlle i fynd ar ôl . . . wel, rhyw ddigwyddiad bach anffodus rai blynyddoedd yn ôl,' meddai, gan fyseddu gwaelod y graith ar ei wyneb. 'Ond mi nath y Gwylliaid fy mabwysiadu i a gofalu amdana i, felly'r peth lleia fedra i ei wneud ydy aros a helpu i ofalu amdanyn nhw. Ond mae 'na rai o'r criw yma â gwaed uchelwyr yn eu gwythiennau, wyddoch chi. Dyna i chi Elis, fan acw,' meddai gan bwyntio at ddyn tenau oedd yn prysur roi min ar dwr o saethau yn y gornel. 'Elis ap Tudur ydy hwnna, un o fechgyn y Nannau. A welwch chi Morris Goch draw fan'na, yr un efo barf ddigon hir i guddio nyth brain ynddi?' Trodd pawb i gyfeiriad Morris Goch, a chododd hwnnw ei law a gwenu. 'Roedd ei deulu o yn fân uchelwyr yn ochrau Cemaes, stad Cefn Coch, yn de, Morris?'

'Ia,' chwyrnodd Morris Goch, 'ond rhyw bobol newydd sydd yno ers blynyddoedd, yn trin y tir fu yn fy nheulu i ers cenedlaethau.'

'Ac wn i ddim a ydy Coed, yn ardal Tabor, yn dal i sefyll yn eich amser chi, ond fan'no y magwyd fy nghyn-deidiau i,' meddai Wil.

'Coed? Ydy, mae o!' meddai Mari. 'Ond, ym . . . Saeson sy'n byw yno rŵan,' ychwanegodd yn dila, gan wybod na fyddai hyn yn fiwsig i glustiau Wil. Caeodd hwnnw ei lygaid, a gwingo, fel pe bai'r geiriau wedi trywanu ei galon.

'Ond gwerinwyr tlawd oedd y rhan fwya ohonon ni,' meddai Lowri'n frysiog. 'Dim ond pladur oedd gan fy hen hen daid i pan aeth o i ryfel efo Glyndŵr. A phan ddaeth o adre, doedd gynno fo ddim byd. Ac fel y gwelwch chi, does gynnon ni affliw o ddim hyd heddiw. Dydan ni'm yn dwyn oherwydd ein bod ni'n farus, dim ond er mwyn gallu byw.'

Ar ganol y trafod roedd Dorti, yr hen wraig, wedi dod i mewn o'r eira yn cario llwyth o goed tân, ac wedi bod yn gwrando'n astud.

'Roedd y werin o'n plaid ni ar y dechre,' meddai, 'yn rhoi chydig o wyau neu laeth i ni'n gyson, a lloches pan fyddai angen. Ond dros y blynyddoedd, mi wnaethon nhw anghofio pam ein bod ni'n byw yn y coedwigoedd.'

'Mae pobol sydd â tho uwch eu pennau'n mynd yn gyfforddus, dach chi'n gweld,' meddai Lowri, 'ac yn ofni pobol sy'n ddigartref, fel ni.'

'A rŵan, maen nhw am ein gwaed ni oherwydd bod ambell ddafad yn diflannu – ac mae 'na ryw ddiawliaid yn dwyn anifeiliaid gan wybod mai ni, y Gwylliaid, gaiff y bai!' poerodd Wil Coed.

'Mae 'na rai hyd yn oed wedi dechre rhoi pladur yn y simne i'n rhwystro ni rhag dringo i lawr i mewn i'w tai nhw!' meddai John Goch.

'Rhoswch funud,' meddai Rhys, 'sai cweit yn

deall nawr. Felly ry'ch chi'n dweud nad y'ch chi'n dwyn?'

'Wel . . . nac'dw,' meddai Wil â gwên fach slei. 'Wrth gwrs ein bod ni'n dwyn! Ambell dorth, ambell ddafad, ac ambell fuwch – neu ddeg!'

'Ac ambell wy,' meddai Ieuan Brydydd Byr, 'ond – a ddwg wy a ddwg fwy!'

'Dim ond oddi wrth bobol sydd â gormod ohonyn nhw!' chwarddodd Wil.

'A dim ond pan fydd raid, pan fydd pawb ar lwgu,' meddai Morris Goch, gan wenu – er ei bod hi'n anodd gweld y wên o dan y gwrych o farf oedd ganddo. 'Yn anffodus, dyw pobol ddim mor barod i rannu y dyddie yma . . . maen nhw wedi bod yn cwyno amdanon ni, ac mae snichyn o'r enw Lewis Owen wedi cyhoeddi ei fod o ar ein holau ni rŵan, ac yn mynd i'n difa ni, medde fo. Dyn cyffredin sydd wedi llwyddo i ddod mlaen yn y byd drwy lyfu tîn y byddigion.'

'Mae o wedi cael ei neud yn Farwn, ac yn meddwl ei fod o'n rhywun pwysig rŵan,' meddai Siôn Wyllt.

'Yn enwedig ers iddo fo gael ei benodi'n Siryf Meirionnydd!' meddai Wil Coed. 'Ac mae'r beirdd yn canu ei glodydd o, was bach . . . "Daethost yn farchog doethwych", wir!'

'Talu iddyn nhw ddweud pethau clên amdano fo

mae o, siŵr,' poerodd Ieuan Brydydd Byr. 'Dydy o'm wedi gwneud llawer o ffrindiau wrth ddringo i fyny'r ysgol. Mae'r cwpled yma'n nes ati: Mae mil yn eiddgar, mi wn, i boeri ar y Barwn!'

'A dwi'n un fyddai wrth ei fodd yn poeri i wyneb y snichyn!' meddai Morris Goch. 'Os ydy ein hannwyl Farwn Owen am drio ein dal ni, ein hela fel anifeiliaid, mi geith o . . .'

'Ia, wel, sôn am hela,' torrodd Lowri ar ei draws, 'ydy hi ddim yn hen bryd i chi fynd i hela, 'dwch? Does 'na fawr ddim ar ôl yma i ni ei goginio at heno.'

'Wel ydy, wrth gwrs. Dowch, hogia,' meddai Siôn Wyllt. 'Ac mi neith les i titha ddod efo ni,' ychwanegodd, gan droi at Rhys.

'Fi? Hela? Ond sai rioed . . .'

'Twt, gei di fenthyg dillad gwell na'r rheina, neu mi fydd pob anifail yn dy weld ti'n dod o bell,' meddai Siôn. 'Elis? Mae 'na ddilladach a darnau o groen a lledr yn y gornel bella, yn does? Gofala am yr hogyn 'ma, wnei di?'

'Wooo, *hold on*, sai'n moyn . . .' dechreuodd Rhys.

'A Morris, dyro waywffon iddo fo,' meddai Siôn, gan anwybyddu Rhys yn llwyr, 'mae 'na rywbeth yn deud wrtha i na fydd o fawr o ddyn efo bwa a saeth.'

Sylweddolodd Rhys nad oedd ganddo ddewis.

'Iawn, ocê, fe ddof i,' meddai, 'ond cyn gwneud dim, dwi angen . . . ym . . . ble mae'r tŷ bach?'

Rhythodd pawb yn hurt arno.

'Tŷ bach?' meddai Wil a Siôn fel deuawd.

'Ie, chi'n gwybod, toilet. *Men's room?*'

Edrychodd pawb ar ei gilydd mewn penbleth.

'O, dwi'n dallt!' chwarddodd Morris Goch. 'Isio troi'i glos mae o!' Wedi eiliad o dawelwch syn, ffrwydrodd pawb i chwerthin. Wel, pawb heblaw Rhys.

'God, chi'n blentynnaidd,' meddai. 'Nawr 'te, wnaiff rhywun ddangos i mi lle mae e?'

'O, Rhys bach,' gwenodd Wil Coed. 'Siencyn, cer i ddangos iddo fo!'

PAN DDAETH Rhys yn ei ôl i mewn i'r ogof, roedd pawb yn aros amdano'n ddisgwylgar. Allai Mari ddim peidio â gwenu chwaith; roedd hi wedi hen sylweddoli nad oedd unrhyw 'stafell' benodol ar gyfer gwneud pethau angenrheidiol bywyd, ac eisoes wedi bod allan yn chwilio am goeden weddol breifat.

'Wel?' gwenodd Morris Goch. 'Gest ti lwyddiant?'

'O, *very funny . . . not*,' meddai Rhys yn flin. 'Ni'n mynd i hela neu beth?'

Pan lwyddodd Elis ap Tudur i roi'r gorau i chwerthin, estynnodd sgidiau a dillad cynnes i Rhys.

'Be amdana i? Ga i fynd i hela hefyd?' gofynnodd Mari i Elis.

'A fi!' meddai Siencyn.

'Na chei, Siencyn, os byddwn ni'n gadael i ti ddod, mi fydd y plant eraill i gyd isio dod. Aros di fan hyn efo'r lleill. Mae'r eira'n dal yn drwch, cofia,' meddai Elis. 'A Mari? Wel . . . dwi'n gwybod bod gynnon ni ferched sy'n gallu saethu cystal ag unrhyw ddyn, ond does 'na ddim golwg cry iawn arnat ti. A ti mor fychan . . .'

'Paid â chael dy dwyllo gan faint y lodes!' meddai Lowri. 'Un fain o'n i erstalwm, credwch neu beidio, ond mi fues i'n bencampwraig am flynyddoedd, ac mi fyswn i'n dal wrthi taswn i'm wedi torri nghoes. Ges i godwm drwg oddi ar goeden,' eglurodd wrth Mari, 'a tydy hi ddim wedi bod yn iawn ers hynny.'

'Ddo i efo chi,' meddai merch ifanc â'i gwallt mewn plethen hir i lawr ei chefn. 'Nel ydw i,' meddai, gan estyn ei llaw i Mari. 'Wyt ti wedi hela o'r blaen?'

'Wel, naddo, ond dwi'n gallu saethu. Ges i nysgu gan Dad y llynedd.'

'Gwych! Morris? Dyro fwa a saeth i Mari fan hyn, mae hi'n gallu saethu!'

'Bwa a saeth?' meddai Mari. 'Ond saethu efo gwn o'n i'n feddwl!'

'Be ydy "gwn"?' gofynnodd Nel.

'Does gynnoch chi ddim . . . ? O, dim bwys,' meddai Mari.

'Sai'n siŵr a oedd *muskets* yn bod yr adeg hyn,' meddai Rhys yn ei chlust. 'Ac edrych, dim ond gwaywffyn a bwa a saeth sydd 'da nhw – ac ambell gleddyf, a'r pethau 'na sy'n edrych fel *machetes*.'

'Bilwg ydy hwn, fachgen,' meddai Morris Goch. 'Defnyddiol iawn ar gyfer torri coed – a phennau, wrth gwrs!' chwarddodd, gan hollti darn o goed tân â chlec i brofi ei bwynt.

'Ie, lyfli,' meddai Rhys, oedd wedi troi'n welw iawn.

'A be ti'n feddwl, "dim ond bwa a saeth"?' meddai John Goch. 'Chei di ddim arf mwy effeithiol! Yn y dwylo iawn wrth gwrs!'

'Ac mae John yn feistr ar ei grefft, er mai dim ond pedair ar ddeg ydy o,' meddai Ieuan Brydydd Byr.

'A dim ond pedair blynedd yn iau na fo ydw i!' protestiodd Siencyn. 'A dwi'n saethu bron cystal â fo!'

'Cau dy geg, Siencyn. Paid â thorri ar fy nhraws i,' meddai Ieuan Brydydd Byr, gan anelu slap ato – a'i fethu. 'Ble ro'n i? O ia, roedden ni'n ymarfer saethu yn ochrau Mallwyd y llynedd, ac am hwyl, mi wnes i roi sialens i John Goch na allai o daro'r cosyn o gaws roedd hen wraig yn ei gario dan ei chesail o leia bum can llath i ffwrdd ar draws y cwm. A myn coblyn, mi drawodd y cosyn yn syth allan o'i dwylo hi, cofiwch!'

Allai Mari ddim credu ei chlustiau.

'Ond be am yr hen wraig, druan? Mi allai fod wedi'i lladd hi!'

'Roedd 'na beryg o hynny, mae'n siŵr,' meddai John ar ôl eiliad o dawelwch. 'Ond wnes i ddim.'

'Ond mi wlychodd hi ei hun, reit siŵr!' chwarddodd Siencyn.

'Dwi'm yn meddwl bod hynna'n ddigri,' meddai Mari.

'Ti'n iawn Mari, dydy o ddim,' meddai Lowri, gan roi celpen ar gefn pen Siencyn. 'A phan saethwyd morwyn fach ddiniwed o'r enw Ann yn farw, rhoddwyd y gorau i ymarfer saethu at bobol. Yn do, John?'

'Do, Mam,' atebodd John yn bwdlyd. 'Ond faint o weithiau sy raid i mi ddeud? Nid y fi saethodd hi!'

'Dim bwys am hynny rŵan,' meddai Wil Coed. 'Dowch, rhowch arf o ryw fath i'r ddau yma, i ni gael cychwyn arni.'

'Wyt ti'n gwbod sut i drin gwaywffon 'ta?' gofynnodd John Goch i Rhys.

'Na. Dwi wedi taflu *javelin* – sy'n weddol debyg – yn yr ysgol, ond doedd e byth yn mynd yn bell iawn.'

'Ond dwi'n dda am daflu,' meddai Mari. 'Ga i un?'

'Iawn, rho un iddi, John Goch,' meddai Siôn Wyllt. 'Rown ni wersi iddyn nhw wrth fynd.'

'Ia, arfer yw hanner y gwaith,' meddai Ieuan Brydydd Byr.

'Ond merch ydy hi!' protestiodd John Goch. 'Dwi'n gwybod bod Nel a rhai o'r merched eraill yn dda efo bwa a saeth, ond mae angen cryfder dyn i daflu gwaywffon, a fydd hon yn dda i ddim!'

Doedd Mari ddim yn un am wylltio'n hawdd, ond gallai deimlo'i gwaed yn dechrau berwi. Roedd hi ar fin rhoi llond ceg i'r bachgen digywilydd, twp, pan welodd hi lwy bren fawr Lowri'n chwipio drwy'r awyr ac yn ei waldio yng nghefn ei ben â chlec.

'A merch ydw inna ac mi deimlaist ti'r nerth yn fy mraich i rŵan, yn do, y cena bach annifyr!'

Roedd John mewn gormod o boen i'w hateb.

'Ymddiheura iddi – a dyro waywffon iddi!' gorchmynnodd Lowri, gan droi at Mari. 'Mae'n ddrwg iawn gen i, Mari. Er ei fod o'n fab i mi, dwi'n ysu i'w grogi o weithie.'

'Mab arall?' meddai Rhys. 'Faint o blant wedsoch chi oedd gyda chi?'

'Saith. Wel, saith sy'n fyw. Golles i ddau arall cyn eu bod nhw'n dair,' meddai Lowri. 'Felly mae'r saith sydd ar ôl yn werth y byd i mi. Dwi'n eu caru nhw bob un, hyd yn oed os ydyn nhw'n fy ngyrru i'n wirion weithie!' Trodd yn ddisgwylgar at John eto. 'Wel? Wyt ti'n mynd i ymddiheuro?'

Fflachiodd John Goch ei lygaid gwyrddion ar ei fam, ond gwelodd ei braich yn codi'r llwy bren eto. 'Iawn! Iawn, mae'n ddrwg gen i!' meddai, a gwthio dwy waywffon bren i ddwylo Mari a Rhys cyn brysio am geg yr ogof gan rwbio'i ben a bytheirio dan ei wynt.

'Diolch, Lowri,' meddai Mari'n dawel. Roedd hi eisiau ychwanegu nad oedd raid iddi daro'r bachgen o gwbl, heb sôn am ei daro mor ofnadwy o galed. Ond roedd hi wedi sylwi bod y Gwylliaid yn waldio'i gilydd yn aml, a bod unrhyw blentyn oedd dan draed yn cael celpen yn syth. Mae'n siŵr fod bywyd caled yn eu gwneud yn galed, meddyliodd, ac roedd Lowri wedi dweud ei bod hi'n caru ei phlant yn fwy na dim. Ac erbyn meddwl, roedd ei thad wedi dweud wrthi y byddai ei dad yntau'n ei chwipio'n aml yn blentyn. Diolchodd ei bod hi wedi ei magu mewn oes fwy caredig . . . nes iddi gofio nad oedd hi yn yr oes honno bellach, ac na fyddai, efallai, byth yn cael mynd adre. Sychodd y deigryn yng nghornel ei llygad cyn i neb sylwi, sythu, gwisgo'r siaced o groen roddodd Elis iddi, a chychwyn ar ôl y dynion â'i gwaywffon.

'Brysia, Rhys, neu mi fyddan nhw wedi mynd hebddat ti,' meddai Lowri. Roedd hwnnw wedi rhewi yn ei unfan ers tro, ond brysiodd ar ôl Mari cyn i'r ddreiges â'r llwy bren ymosod ar ei ben yntau. Roedd wedi meddwl gofyn a gâi aros yn yr ogof gyda hi a Dorti a'r plant a'r merched eraill, cyn penderfynu na fyddai hynny'n beth doeth i'w wneud. Prun bynnag, roedd yr arogl yn dechrau mynd yn ormod iddo.

'Maen nhw i gyd yn *complete and utter bloodthirsty nutters* sydd byth yn molchi, ac mae'n siŵr fod y dillad hyn yn llawn chwain,' meddai dan ei wynt wrth fynd allan i'r gwynt a'r oerfel.

Pennod 5

Roedd y Gwylliaid wrthi'n rhannu'n grwpiau llai – un criw eisoes wedi mynd i bysgota a dau griw arall wedi cychwyn drwy'r eira tua'r de.

'Rhys, gei di ddod efo Elis, Ieuan Brydydd Byr a minnau,' meddai Wil Coed, 'a Mari, cer di efo Siôn Wyllt, Morris, Nel a John Goch.'

'Ro'n i'n meddwl ein bod ni'n mynd i roi gwers taflu gwaywffon iddyn nhw'n gynta,' meddai Elis ap Tudur.

'O, oedden. Iawn. Dangos di iddyn nhw sut mae gwneud, 'ta. Mi gadwn ni'r cŵn y tu ôl i ni fan hyn, rhag ofn!'

'Iawn, y cam cynta ydy gofalu bod ei blaen hi'n sownd a ddim yn beryg o ddod i ffwrdd,' meddai Elis. 'Iawn? Ac yna, ei dal hi ar dy fys fel hyn i weld lle mae hi'n teimlo ysgafna, chydig agosach at y blaen na hanner ffordd . . . dyna ni,' meddai, wrth i Mari ddod o hyd i'r man iawn yn syth. Bu'n rhaid aros ychydig mwy nes i Rhys lwyddo.

'Iawn, rŵan, ei dal hi fel hyn, ond ddim yn rhy dynn. Yna edrych ar dy darged – dewiswch goeden . . . dyna ni, sefyll wysg dy ochor fymryn, a'r llaw sy'n dal y waywffon bella oddi wrth y targed. Naci – y llall, Rhys – dyna fo. Y droed gyferbyn o flaen y llall fel hyn, yn pwyntio at y targed, plygu'r pengliniau fymryn. Na, ddim cymaint â hynna Rhys, ti'n edrych fel taset ti am droi dy glos eto . . . dyna fo. Camu mlaen wysg dy ochor, gan gadw'r pengliniau wedi'u plygu, a'r fraich arall allan o dy flaen, yna . . . sythu dy goesau a throi dy gorff a thaflu – i gyd yr un pryd, fel hyn!' Saethodd gwaywffon Elis drwy'r awyr a phlymio'n ddwfn i mewn i fonyn coeden ddeugain llath i ffwrdd.

'Hawdd!' gwenodd Elis. 'Ti am roi cynnig arni, Mari?'

Nodiodd Mari, gan hoelio'i llygaid ar goeden dderwen ryw ugain llath o'i blaen. Gwnaeth bopeth yn union fel y dywedodd Elis, a hedfanodd y waywffon drwy'r awyr cyn plannu'r blaen i mewn i risgl y goeden.

'Gwych!' chwarddodd Elis, a chymeradwyodd y gweddill. Pawb ond John Goch, sylwodd Mari, felly gwnaeth bwynt o edrych i fyw ei lygaid a chodi ei haeliau. Chafodd hi ddim ymateb.

'O, *thanks a bunch*, Mari,' meddai Rhys dan ei wynt. '*No pressure . . .*'

Camodd yn ei flaen drwy'r eira gwlyb, a phenderfynu anelu am yr un goeden â Mari. Wedi oedi chydig a chywiro'i hun, ac ailgywiro, a cheisio anwybyddu'r piffian chwerthin y tu ôl iddo, taflodd y waywffon â'i holl nerth.

'Gwylia dy hun!' sgrechiodd Mari, wrth i flaen haearn, pigog y waywffon suddo i mewn i'r ddaear fodfeddi o flaen ei droed. Edrychodd Rhys arno'n syn cyn codi ei ben a gofyn:

'Sut ddigwyddodd hynna?'

Ond roedd y Gwylliaid yn rhy brysur yn crio chwerthin a dal eu hochrau a rhowlio ar y llawr i fedru ei ateb.

Cafodd well hwyl arni ar y seithfed cynnig, ac aeth y criwiau i ffwrdd i geisio dal rhywbeth i ginio, gan biffian chwerthin bob rhyw bedwar cam.

'Mae tric i daflu picell: fel hyn, fachgen, mae'i thaflu'n bell!' gwaeddodd Ieuan Brydydd Byr gan godi ei fraich fawr, gyhyrog a thaflu ei waywffon yn bell, bell i'r eira heb ymdrech o gwbl. Rhowliodd Rhys ei lygaid gan boeri '*Show off*' dan ei wynt.

'Pob lwc!' gwaeddodd Mari gan godi ei llaw arno.

'Ie, *whatever*,' meddai Rhys gan lusgo ar ôl ei griw yntau drwy'r eira budr.

'Paid â phoeni, ti'n siŵr o ddal rhywbeth,' meddai Nel.

'Annwyd, debyca'!' meddai John Goch cyn rhochian chwerthin – eto.

'Sai'n hoffi'r boi yna,' meddyliodd Rhys wrth fustachu ar ôl y lleill.

AR ÔL AWR o ddilyn ôl traed taclus yn yr eira, roedd Wil wedi rhoi arwydd i bawb dewi. Roedd hyd yn oed Mot a Meg, y ddau gi defaid coch, yn deall yr arwydd, sylwodd Rhys. Pwyntiodd Wil drwy'r coed, lle roedd carw hyfryd, tlws yn chwilio am rywbeth i'w bori yn yr eira tua chanllath i ffwrdd. Cododd Elis ei fwa, anelu ag un llygad ar gau – ac aeth y saeth yn syth drwy'r cnawd y tu ôl i glun blaen yr anifail. Disgynnodd y carw'n syth, a chaeodd Rhys ei lygaid. Roedd o'n teimlo'n sâl – anifail mor brydferth, mor ddiniwed, wedi ei ladd, dim ond i lenwi boliau dynion budron, drewllyd, creulon.

'Perffaith!' meddai Wil Coed. 'Fel'na mae lladd carw ti'n gweld, Rhys, yn syth drwy'i galon. Tase Elis wedi'i daro yn unrhyw le arall, mi fydden ni wedi gorfod rhedeg ar ei ôl o nes iddo fo farw'n boenus a chreulon o araf. Fel hyn, theimlodd o ddim poen o gwbl.'

Oedd gwybod hynny i fod i wneud iddo deimlo'n well? meddyliodd Rhys. 'Lladd yw lladd, dim ots pa mor sydyn mae'n digwydd!' wfftiodd. Ymlwybrodd ar ôl y lleill at y corff, a theimlo fel cyfogi eto pan welodd Elis yn plannu cyllell yng ngwddf yr anifail druan, nes bod y gwaed yn llifo allan ohono a'r cŵn yn ei lyfu'n gyflym, cyn iddo suddo drwy'r eira i'r pridd.

'Mi fydd y cig yn cadw'n hirach ar ôl ei waedu,' eglurodd Ieuan Brydydd Byr.

'Wel, mwynhewch e,' meddai Rhys, 'achos *sai*'n mynd i gyffwrdd ynddo fe.'

'Iawn,' meddai Wil Coed, 'gei di fyw ar uwd os lici di, ond buan iawn gei di lond bol ar hwnnw, yn enwedig pan fyddi di'n arogli hwn yn coginio! A gei di'n helpu ni i'w gario adre, gyfaill, neu chei di ddim uwd chwaith . . .'

Yn y cyfamser, dim ond tair cwningen ac un wiwer roedd criw Mari wedi llwyddo i'w dal, a hynny gyda saethau John Goch a Nel. Roedd Mari wedi cymryd ati'n arw pan welodd mai wiwer goch oedd yn hongian o law John.

'Un goch? O, na! Maen nhw mor brin!'

'Y? Wiwerod coch yn brin? Be ti'n rwdlan!'

chwarddodd Nel, 'Maen nhw fel morgrug o gwmpas y lle 'ma!'

'Ond . . . ond dim ond rhai llwyd dwi wedi'u gweld!' protestiodd Mari.

'Llwyd? Weles i rioed un lwyd,' meddai Nel.

'Weles i un wen unwaith, flynyddoedd yn ôl – efo llygaid coch fel y diafol,' meddai Morris. 'Efallai mai un wen fudur oedd hi!'

'Na, dwi newydd gofio,' meddai Mari, 'mi ddywedodd Nain wrtha i pam y diflannodd y wiwerod coch: daeth rhywun – neu mi fydd rhywun yn dod – â wiwerod llwyd o America yma yn 18– rhywbeth, ac mi fyddan nhw'n bwyta bwyd y wiwerod coch ac yn rhoi salwch o ryw fath iddyn nhw, neu rywbeth fel'na, nes bod y rhai coch yn diflannu. Bechod . . . mae hi mor dlws,' ychwanegodd, gan gyffwrdd corff llipa'r wiwer.

'Tlws? Wnes i rioed feddwl am wiwerod fel pethau tlws!' meddai Siôn. 'Ond mi allwn ni gadw'r croen i wneud het i ti, fel hon sy gen i, os leici di.'

'Diolch, mi fyswn i wrth fy modd,' meddai Mari, cyn sythu'n sydyn. 'Arhoswch funud,' ychwanegodd gan astudio'r pedwar o'i blaen yn ofalus. 'Rydach chi i gyd yn gwisgo hetiau croen wiwer!'

'Ydan,' meddai Siôn.

'Wiwerod coch.'

'Ia,' meddai'r pedwar.

'A gwallt coch sydd gan Nel a Morris a John – a'r rhan fwya o'r Gwylliaid hyd y gwela i, ond rwyt ti'n frown tywyll o dan yr het yna, Siôn.'

'Ydw . . . ac mae Ieuan Brydydd Byr yn ddu fel y frân!'

'Felly, does gan bawb ddim gwallt coch . . .'

'Na, llai na'n hanner ni, ddeudwn i,' meddai Siôn. 'Ond roedd cryn dipyn o'r teuluoedd cynta'n digwydd bod yn walltgoch, ac yn gwneud plant fel cwningod efo'i gilydd, ac mae coch a choch yn gwneud coch, tydy!'

'Ond rydach chi'n cael eich galw'n Wylliaid Cochion Mawddwy, ac ro'n i wedi deall a chredu mai oherwydd y gwallt coch oedd hynny. Ond y gwir ydy mai oherwydd yr hetiau croen wiwer mae hynny, yn de!'

'A het croen llwynog yn achos Ieuan Brydydd Byr . . . mae gynno fo ben mawr!' chwarddodd Nel. 'Mae dwy wiwer yn ddigon i orchuddio pennau pawb arall!'

'Ond . . . dwi'n dal ddim yn dallt,' meddai Mari. 'Roeddech chi ar fin lladd Rhys a finne ar ben y bwlch, yn doeddech – nes i chi weld bod gynnon ni wallt coch.'

'Oedden. Ond mae 'na rywbeth yn arbennig am

bobol efo gwallt coch fel ni, ti'n gweld,' meddai Morris. 'Mae 'na ryw deimlad o berthyn, o frawdoliaeth, rywsut, yn does?'

'Wel, oes,' cytunodd Mari, gan gofio'i bod hi wastad yn talu mwy o sylw i bobl oedd â gwallt coch fel hi, ac mai ei hoff actoresau oedd Nicole Kidman a Catherine Tate, a'i bod hi'n hoff iawn o Mari Lovgreen fel cyflwynydd teledu, a bod ganddi boster o'r cymeriad Ariel o ffilm *The Little Mermaid* ar wal ei llofft ers blynyddoedd.

'Ac mae Wil Coed yn teimlo'n gryfach na neb fod 'na rywbeth arbennig am bobol sydd â gwallt coch,' meddai Ieuan Brydydd Byr. 'Mae ganddo fo a'i deulu i gyd wallt fel dail ffawydd fis Tachwedd, ac mae o'n meddwl bod gwallt coch yn hudol hefyd . . .'

'Hudol?' meddai Mari.

'Ie, mae o'n taeru mai gwallt coch oedd gan Myrddin, y dewin – a'r tylwyth teg, a phob gwrach o safon. Felly mae'n rhaid parchu gwallt coch – a'i ofni hefyd, efallai.'

'Ei ofni?'

'Ie. Hwyrach mai rhyw fath o ddewin ydy Rhys, a thithau'n wrach, Mari, dim ond eich bod chi'n rhy ifanc i lawn sylweddoli eich pŵer eto,' meddai Siôn Wyllt. 'Mae'r ffaith eich bod chi'n walltgoch ac wedi cyrraedd yma drwy hud a lledrith yn gwneud i rywun feddwl, tydy?'

'Wel, ydy, ond dwi wir ddim yn meddwl mod i'n wrach,' meddai Mari. 'A dwi'n eitha siŵr nad ydy Rhys yn ddewin.'

'Gawn ni weld,' meddai Siôn Wyllt. 'Ond un peth sy'n sicr, mae gan lawer ofn pobol walltgoch, ac mae hynny'n ein siwtio ni i'r dim. Rydan ni'n hoffi cael ein galw'n Wylliaid Cochion Mawddwy ac yn mwynhau twyllo pobol ein bod ni i gyd yn gochion. Roedd hynny'n ddefnyddiol pan ges i fy nal un tro . . . unwaith welson nhw nad cochyn oeddwn i, ges i ngollwng yn rhydd!'

'Ond mae unrhyw un sydd â gwallt coch go iawn yn cael ei amau'n syth,' meddai John Goch. 'Dyna pam ein bod ni'n gorfod bod yn fwy cyfrwys . . . fatha llwynogod, a gofalu na chawn ni'n dal.'

'Felly, fiw i ti a Rhys feddwl am ein gadael ni,' meddai Nel. 'Mi gewch eich amau'n syth.'

Doedd Mari ddim wedi meddwl am adael, ond doedd hi ddim mor siŵr am Rhys.

'Digon o wamalu,' meddai Siôn Wyllt. 'Rhaid i ni ddal mwy na hyn i fwydo pawb. Dowch. Ddefnyddiwn ni'r cŵn tro 'ma.' Ac i ffwrdd â fo drwy'r eira, gyda'r ddau gi defaid mawr coch a milgi hynod fain yn awchu am gael eu rhyddhau.

O fewn dim, roedden nhw wedi dal pedair cwningen arall, un ysgyfarnog (y milgi ddaliodd honno) a dwy wiwer.

ROEDD LOWRI a'r merched eraill wrth eu bodd pan welson nhw'r helfa, ac aethon nhw a'r plant ati'n syth bìn i flingo a diberfeddu pob creadur. Aeth Rhys "am dro i gael awyr iach" tra oedd hyn yn digwydd, a gweiddi'n flin ar y plant aeth ar ei ôl fel cynffon ei fod angen llonydd.

'Ond mae o wedi bod allan yn yr awyr iach drwy'r bore!' meddai Siencyn, wrth gerdded yn ei ôl, wedi ei siomi, gyda'r plant eraill.

'Gad lonydd i'r bachgen,' meddai Lowri. 'Dwi'm yn meddwl ei fod o wedi arfer gweld gwaed. Ydw i'n iawn, Mari?'

'Am wn i,' meddai Mari. 'Hogyn o'r ddinas ydy o, wedi'r cwbl.'

'Ond merch ffarm wyt ti, felly rwyt ti wedi hen arfer, mae'n siŵr.'

'Wel . . . dwi wedi gweld Dad yn blingo oen bach sydd wedi marw er mwyn rhoi'r croen ar oen bach arall, ond dwi rioed wedi blingo unrhyw beth fy hun,' cyfaddefodd Mari. 'Maen nhw'n gwneud hynny yn y lladd-dai, a ninnau'n gorfod prynu cig o siop y cigydd wedyn, fel pawb arall.'

'Be? Dach chi'm yn bwyta eich anifeiliaid eich hunain? Mwya dwi'n clywed am eich byd chi, mwya dwi'n anobeithio,' meddai Lowri gan ysgwyd ei phen mewn anghrediniaeth. 'Ond dyna fo, dyma gyfle i ti ddysgu, felly, ac mi wnaiff Catrin – fy merch i – ddangos i ti sut i drin y croen ar gyfer gwneud het wiwer i ti dy hun.'

'A fi!' meddai Siencyn, gan frysio ar ôl y ddwy.

Doedd Mari ddim yn rhy hoff o flingo'r wiwer, druan, ond daeth i weld bod y broses o grafu pob mymryn o gnawd oddi ar y croen wedyn yn un ddiddorol.

'Mae'n rhaid i ti fod yn ofalus, rhag ofn i ti dorri'r croen, ti'n gweld,' meddai Catrin, merch dawel tua phymtheg oed. 'Mae defnyddio'r darn llechen yma'n well na chyllell i wneud hynny, a rŵan, mae'n barod i'w olchi.'

'Ffordd yma!' galwodd Siencyn wrth redeg at nant fechan lle dangosodd Catrin ac yntau sut i olchi'r croen yn ofalus.

'A rŵan, ti'n gwneud tyllau bychain yn yr ochrau efo'r nodwydd asgwrn yma,' eglurodd Catrin. 'Wedyn mae angen ei rwymo â'r darnau llinyn yma wrth y fframiau pren acw.' Pwyntiodd at res o fframiau o ganghennau wedi eu rhaffu at ei gilydd, a chrwyn amrywiol anifeiliaid eisoes wedi eu tynnu'n dynn i sychu arnyn nhw. 'Mi fydd yn barod ymhen rhyw wythnos, ac wedyn gei di rwbio'r olew arbennig sydd gan Dorti i mewn iddo fo, i'w wneud yn feddal ac yn haws ei drin.'

'O? A be sydd yn yr olew arbennig 'ma, wyt ti'n gwybod?'

'Ymennydd gwahanol anifeiliaid!' gwenodd Siencyn.

'Dwi'm yn meddwl mod i isio gwybod mwy am hynny!' wfftiodd Mari. Chwarddodd y tri, ac yna rhedodd Siencyn i chwarae ag un o'r cŵn, wedi cael digon o gwmni ei chwaer a'r ferch newydd, ryfedd hon.

'Dydy o'm yn llonydd am funud,' gwenodd Catrin. 'Mae pawb o'n teulu ni'n eitha bywiog, ond Siencyn yn fwy na neb. Dwi'n meddwl ei fod o wedi cael fy siâr i o'r tueddiad teuluol, achos mae'n well gen i fod yn dawel, yn gwneud pethau tawel fel hyn. Mae'n llawer gwell gen i aros adre yn helpu Mam na mynd i hela fel Nel.'

Gwenodd y ddwy ar ei gilydd. Penderfynodd Mari ei bod hi'n hoffi'r ferch annwyl hon yn arw, ac oedd, roedd y ffaith fod gan y ddwy wallt coch yn gysylltiad pendant rhyngddyn nhw. Mari oedd yr unig un yn ei hysgol â gwallt coch, a bron na allai hon fod yn chwaer iddi, meddyliodd. Penderfynodd ei holi ychydig mwy am y Gwylliaid.

'Catrin . . . ti'n gwybod y graith hir sydd ar wyneb Siôn Wyllt, sut cafodd o hi?'

'Roedd o wedi bod mewn tafarn yn Ninas Mawddwy, mae'n debyg. Mae Siôn braidd yn hoff o'i gwrw, ac aeth hi'n ffrae rhyngddo fo a rhyw griw o ddynion o ffwrdd oedd yn meddwl eu bod nhw'n well na fo. Wel, mi adawodd y dafarn er mwyn osgoi trwbwl – a deud y gwir, chafodd o'm dewis – roedd y tafarnwr yn mynnu. Ond aeth dau o'r dynion ar ei ôl o, efo'u cleddyfau. Er nad oedd o'n sobor, mi glywodd Siôn sŵn eu traed nhw y tu ôl iddo fo, a throi – a dyna pryd y bu bron iddyn nhw dorri ei ben o i ffwrdd. Ond roedd o wedi pwyso 'nôl, diolch byth, a hollti ei wyneb naethon nhw. Ond chawson nhw'm cyffwrdd ynddo fo wedyn! Er ei fod o'n gwaedu fel mochyn, mi lwyddodd i ddyrnu'r ddau'n rhacs! Mae'n haeddu ei enw, ti'n gweld – unwaith mae Siôn wedi gwylltio, mae'n mynd yn wyllt wallgo. Y peth calla wedyn ydy rhedeg am dy fywyd.'

'Mi gofia i . . . ond mi soniodd fod y Gwylliaid wedi'i fabwysiadu a gofalu amdano.'

'Do, hogan fach o'n i ar y pryd, ond dwi'n cofio'i weld o'n cael ei gario i mewn gan y dynion, yn waed i gyd. Dorti fendiodd ei wyneb o – mae hi'n wych fel yna, yn gwybod popeth sydd i'w wybod am yr hen feddyginiaethau.'

'Ond pam ddaeth o atoch chi? Pam na fyddai o wedi mynd adre at ei deulu ei hun?'

'Am fod un o'r dynion wnaeth ymosod arno fo wedi marw, a hwnnw'n ddyn pwysig mae'n debyg, ac mi fyddai'r awdurdodau'n siŵr o grogi Siôn ar ôl ei ddal. A phwy sy'n wych am beidio â chael eu dal? Y Gwylliaid! Roedd o'n gwybod y byddai'n ddiogel efo ni. Rydan ni wedi mabwysiadu ambell un fel Siôn dros y blynyddoedd.'

Cofiodd Mari am ei thad yn adrodd straeon am y Gwylliaid wrthi, gan sôn eu bod wedi eu dal yn y diwedd. Ond penderfynodd beidio dweud gair am hynny am y tro. Roedd angen iddi hi a Rhys drafod yn gynta, ond roedd cael llonydd i siarad bron yn amhosib. Byddai'r plant yn eu dilyn i bobman o hyd, Siencyn yn fwy na neb, yn gwenu a chwerthin a cheisio perswadio Rhys i adael iddo chwarae â'r iPad. Roedd yn fachgen bach hynod hoffus, ond pan fyddai angen llonydd, roedd o'n bali niwsans!

Pan gerddodd hi i mewn i'r ogof, dyna lle roedd Rhys yn chwarae OXO ar ddarn o lechen efo

Siencyn, a chriw o'r plant bychain yn eu gwylio'n gegrwth.

'Wyddwn i ddim dy fod ti'n gallu sgwennu, Siencyn,' meddai Mari.

'Dydw i ddim,' meddai Siencyn â gwên.

'Dwi wedi'i ddysgu sut i wneud cylch a chroes, dyna i gyd,' meddai Rhys. 'Mae'r bachgen yn dysgu'n gyflym, ac mae'r snichyn bach yn fy nghuro i!'

Gwenodd Mari. Roedd iaith Rhys wedi dechrau newid – fyddai o byth wedi defnyddio gair fel 'snichyn' o'r blaen!

Gwyliodd y ddau'n gosod eu croesau a'u cylchoedd ar y llechen – a Siencyn, y snichyn, yn rhowlio chwerthin wrth guro Rhys eto fyth. Byddai Siencyn yn gallu dysgu darllen a sgwennu o fewn dim, roedd hynny'n sicr, meddyliodd Mari. Trueni nad oedd ganddyn nhw lyfrau iddo'u darllen. Roedd gan Rhys Kindle ar ei iPad wrth gwrs, ond dim llyfrau Cymraeg. A phrun bynnag, roedd batri'r teclyn yn brin fel aur erbyn hyn. Roedd Rhys wedi bod yn hynod ofalus i beidio â'i wastraffu'n ddiangen ac wedi egluro wrth bawb y byddai'n dda i ddim wedi i'r batri ddarfod. Roedd Siencyn wedi llwyddo i'w ddeall yn syth bìn wrth gwrs, ac wedi bod yn cymryd sawl llun ohono'i hun yn gwneud

stumiau gwirion – nes i Rhys ei ddal a rhoi coblyn
o lond pen iddo. Ond roedd Rhys wedi maddau iddo
bron yn syth; anodd oedd dal dig at Siencyn yn hir
iawn. Un fflach o'r wên fach ddireidus yna, a
byddai pawb yn toddi – hyd yn oed Rhys!

'Ym . . . Rhys? Gawn ni air?' gofynnodd.

'Wrth gwrs. Siencyn, dangos i'r lleill shwt mae
chwarae,' meddai Rhys gan godi ar ei draed a dilyn
Mari tu allan. Roedd hi'n dechrau tywyllu ac oeri
unwaith eto, a thynnodd ei groen carw'n dynnach
amdano.

'Ty'd i rywle'n ddigon pell o glyw'r lleill,' meddai
Mari, a dringodd y ddau i ben craig yn y coed, lle
roedd modd iddyn nhw weld ceg yr ogof.

'Ti eisiau trafod ydyn ni'n mynd i ddweud wrthyn
nhw ai peidio,' meddai Rhys.

'Ydw. Be'n union wyt ti'n ei gofio? Dwi ddim ond
yn cofio'u bod nhw wedi lladd y Barwn Owen a bod
'na ddial wedi bod wedyn, eu lladd am wn i, ond
chlywodd neb amdanyn nhw wedyn.'

'Dwi'n cofio'u bod nhw wedi lladd y Barwn
yn 1555. Ond roedden nhw wedi'i ladd e er mwyn
dial arno fe am rywbeth wnaeth e iddyn nhw . . . a
dwi bron yn siŵr taw dros y Nadolig oedd hynny –
1554, mae'n rhaid. Sai'n cofio beth yn union wnaeth
e chwaith, lladd rhai ohonyn nhw mae'n rhaid.'

'Rhys – mae hi bron yn Nadolig 1554!'

'Dwi'n gwybod. Ers sawl diwrnod y'n ni wedi bod yma nawr?'

'Dau? Mae'n rhaid ei bod hi'n noswyl Nadolig fory! Ond does 'na neb wedi sôn gair am y Nadolig yma, nac oes?'

'Falle nad yw e 'run peth pan wyt ti mor ofnadw o dlawd . . . Felly beth y'n ni'n mynd i ddweud wrthyn nhw? Allwn ni ddim peidio â dweud, allwn ni? Allwn ni mo'i stopo fe rhag digwydd.'

'Ond ti'm hyd yn oed yn cofio'n iawn be ddigwyddodd! Be os ydan ni'n eu dychryn nhw heb fod angen?'

'Mari . . . mae'r rhain wedi arfer byw mewn ofn.' Edrychodd y ddau ar ei gilydd ac ochneidio bron fel petaen nhw'n cydadrodd.

'Prun ohonon ni sy am ddeud wrthyn nhw 'ta?' gofynnodd Mari ar ôl sbel.

'Y ddau ohonon ni – ond ddim ond wrth Wil Coed. So ni'n moyn creu panic.'

'Iawn. Pryd?'

'Heno – y cyfle cynta gawn ni.'

'Iawn.'

Gwyliodd y ddau'r awyr yn troi'n binc drwy'r brigau duon, a gwrando ar y tawelwch o'u cwmpas.

Ychydig iawn o sŵn oedd i'w glywed o'r ogof o'r fan hyn.

'Mari? Wyt ti'n meddwl taw dyna pam y'n ni'n dau yma?'

'Be? I newid pethau, wyt ti'n feddwl? I newid hanes y Gwylliaid?'

'Ie. Falle. Mae'n bosib, on'd yw e?'

'Dwi'm yn gwbod, Rhys. Dwi'm yn gwbod be i'w feddwl. Mae'n amlwg eu bod nhw'n meddwl ein bod ni yma am reswm – yn benna am fod gynnon ni'n dau wallt coch! Ac yn wrach a dewin!'

'Beth? Ond mae hynna'n nyts!'

'Mae'r holl beth yn nyts, Rhys.' Ochneidiodd Mari'n ddwfn. 'Ond maen nhw – a Wil Coed yn enwedig – yn meddwl bod rhywbeth hudol am wallt coch. Dwi wir ddim yn gallu gwneud synnwyr o hyn. Ond dwi'n gobeithio y cawn ni fynd adre cyn . . . wel, cyn bo hir.'

Pennod 6

Chafodd y ddau ddim cyfle i gael sgwrs efo Wil Coed y noson honno. Roedd y Gwylliaid wedi penderfynu cael Noson Lawen, a bu pawb yn canu a chwerthin drwy'r nos – ac yn yfed medd a chwrw roedden nhw wedi'i fragu eu hunain. Cafodd Rhys a Mari flas ohono ond roedd o mor gry fel y dechreuodd y ddau dagu. Ond roedd y plant eraill i gyd yn ei yfed fel petai'n ddŵr.

'Dwi'n cofio nawr,' meddai Rhys wrth Mari. 'Cyn i yfed te ddod yn boblogaidd ym Mhrydain, o tua 1700 ymlaen, cwrw fyddai pawb yn ei yfed.'

'Na! A phlant hefyd? Ond . . . be sydd o'i le ar yfed dŵr?'

'Llai o facteria mewn cwrw, mae'n debyg.'

'O, iawn, cwrw amdani felly,' meddai Mari, gan fentro sip bach arall – a chrychu ei thrwyn. Roedd o'n afiach.

Er gwaetha'r ffaith ei fod o – a'i fysedd – mor fawr, roedd Ieuan Brydydd Byr yn un da am ganu'r delyn fach, ac yn cofio ugeiniau o hen ganeuon nad oedd Mari a Rhys wedi eu clywed erioed – efallai am nad oedd peth o'r cynnwys ddim cweit yn addas i glustiau plant.

Roedd rhai o'r penillion yn amlwg yn cyfeirio at unigolion ymysg y Gwylliaid, ac fe bwyntiodd Siôn Wyllt at Elis a gweiddi ar Ieuan: 'Be am bennill am hwn a'r cariad 'na sydd ganddo yn Nhrawsfynydd?' Chwarddodd pawb a dechreuodd Ieuan ganu:

> 'HIR YW'R FFORDD A MAITH YW'R MYNYDD
> O GWM MAWDDWY I DRAWSFYNYDD . . .'

Gwenodd yn ddireidus ar Elis o weld bod hwnnw wedi dechrau cochi at ei glustiau.

> '. . . OND LLE BO 'WYLLYS MAB I FYNED,
> FE WÊL Y RHIW YN ORIWAERED!'

Fe ganodd ail bennill hefyd, ond roedd hwnnw braidd yn goch!

'Rydan ni'n cael nosweithiau o ganu fel hyn yn aml,' eglurodd Catrin, 'yn enwedig yn y gaeaf. Maen nhw'n codi'n calonnau a ninnau'n cael cyn lleied o olau dydd. Fyddwch chi'n gwneud yr un peth gyda'r nos yn eich byd chi?'

'Ym, na fyddwn,' meddai Mari. 'Gwylio bocs bach yng nghornel y stafell fyddwn ni, a gwrando ar bobol eraill yn siarad a chanu allan o hwnnw.'

'Neu'n chwarae Xbox,' meddai Rhys, cyn ychwanegu, 'sy'n rhywbeth rhy gymhleth i'w egluro . . .'

Yn sydyn, dechreuodd pawb guro dwylo a galw ar Siencyn i ganu.

'Siencyn! Siencyn!' gwaeddodd pawb, gan gynnwys Catrin a John Goch bob ochr i Rhys a Mari.

'Mae gynno fo lais fel angel, gewch chi weld,' meddai John.

Esgus bod yn swil roedd Siencyn, yn cuddio'r tu ôl i gefnau pobl, ond yn y diwedd, cododd gan wenu a sefyll o flaen Ieuan a'r delyn.

'Pa gân fasech chi'n hoffi ei chlywed?' gofynnodd.

'"Titrwm Tatrwm"!' gwaeddodd rhywun.

'Naci! "Derfydd Aur"!' gwaeddodd rhywun arall, gan godi bloedd o gytuno.

'Iawn, "Derfydd Aur" amdani,' meddai Siencyn, gan glirio'i wddw yn barod i berfformio. Ac yna, daeth llais soprano pur a rhyfeddol o dlws o'i geg:

'DWEDWCH, FAWRION O WYBODAETH,

O BA BETH Y GWNAETHPWYD HIRAETH . . .'

Agorodd cegau Rhys a Mari nes eu bod yn edrych fel dau bysgodyn aur.

'*Eat your heart out*, Aled Jones,' sibrydodd Rhys.

'Pwy? Rioed wedi clywed amdano fo, ond dwi'n nabod y gân,' sibrydodd Mari'n ôl.

'. . . Derfydd aur, a derfydd arian,' canodd Siencyn, a'i lygaid ar gau:

'DERFYDD MELFED, DERFYDD SIDAN,

DERFYDD POB DILLEDYN HELAETH;

ETO ER HYN NI DDERFYDD HIRAETH.'

Llanwodd llygaid Rhys a Mari â dagrau, ond roedd llais Siencyn yn amlwg yn cael yr un effaith ar bawb. Roedd llygaid y lleill hefyd yn sgleinio yng ngolau'r tân, a llygaid Lowri, ei fam, yn fwy na neb. Roedd dagrau hyd yn oed yn llifo i lawr dwy ochr trwyn cam Ieuan Brydydd Byr.

Pan ganodd Siencyn y gytgan am y tro olaf, bu tawelwch llethol am amser hir, cyn i bawb ddechrau cymeradwyo a bloeddio.

'Ddeudes i, yn do!' gwenodd John Goch.

'Sai rioed wedi clywed shwt beth,' meddai Rhys, a'i lais yn gryg. Doedd Eminem erioed wedi cael effaith fel yna arno.

'Ti'n gwybod beth,' meddai wrth Mari wrth i'r noson ddirwyn i ben, 'ro'n i wastad wedi credu bod cael trydan a teledu wedi gwella safon bywyd pobol. Ond ar ôl heno, sai mor siŵr . . .'

'Be ti'n feddwl?'

'Wel, so ni'n sgwrsio a chymdeithasu fel hyn gartre, odyn ni? Mae pawb yn gwylio'r teli yn lle siarad â'i gilydd, neu'n whare ar y cyfrifiadur – pawb yn eu byd bach eu hunain.'

'Ti'n iawn,' meddai Mari. 'Gollon ni'r trydan ar ôl storm y llynedd, a gawson ni goblyn o hwyl yn chwarae cardiau a sgwrsio a dweud jôcs – a chanu.'

'Sôn am ganu, beth mae "derfydd" yn ei feddwl yn y gân 'na ganodd Siencyn?'

'Darfod. Bod pethau fel aur ac arian a melfed ac ati yn diflannu, ond dydy hiraeth ddim. Sy'n wir, tydy?'

'O, ydy. Ac mae 'da fi hiraeth am fy ngwely a mlanced drydan nawr . . .'

'O, Rhys!' gwenodd Mari. 'Hiraeth am fy nheulu sy gen i.'

'Ie, wel . . . fydden i'n eitha licio gweld Dad nawr, dwi'n cyfadde . . . A Mam. A Mam-gu Sir Fôn. A Sir Fôn hyd yn oed. A 2014 . . .'

Cysgodd y ddau'n sownd y noson honno, er gwaetha'r ffaith fod y chwyrnu a'r gollwng gwynt yn waeth nag arfer oherwydd y cwrw a'r medd.

BORE TRANNOETH, cyhoeddodd Siôn Wyllt y byddai cystadleuaeth campau'r gaeaf yn cael ei chynnal – gan fod yr eira wedi diflannu a'r awyr yn las.

'Beth yw campau'r gaeaf?' gofynnodd Rhys.

'Dipyn bach o hwyl, i gadw'n hwyliau'n uchel ganol gaeaf,' meddai John Goch. 'Cystadlaethau bwa a saeth, gwaywffyn, neidio, rhedeg – sydd ddim yn hawdd a'r ddaear mor wlyb ar ôl yr eira, ond dyna hanner yr hwyl – a chael codi pwysau ac ymaflyd codwm.'

'Beth yw "ymaflyd codwm"?'

'Hyn,' meddai John gan blygu'n sydyn a chydio yng nghoesau Rhys a'i daflu ar ei gefn ar dwmpath o redyn.

'Aw! So hynna'n ddoniol!' protestiodd Rhys, gan geisio codi ar ei draed, ond roedd John yn ei ddal i lawr fel na allai symud.

'Reslo mae o'n feddwl, ddeudwn i,' chwarddodd Mari.

'A dwi'n meddwl bod angen i ti ymarfer os wyt ti

am roi cynnig arni,' gwenodd John, gan estyn ei law i helpu Rhys yn ôl ar ei draed.

'Diolch, ond sai'n credu bod pwynt,' meddai Rhys.

Er hynny, cytunodd i ymuno â'r gweddill i ymarfer rhedeg a neidio – am ychydig. Ar ôl hanner awr o geisio rhedeg drwy eira a llaid, roedd yn wan fel cath, ond ddim yn rhy wan i sylwi bod John Goch yn edrych arno â gwên smyg – gwên oedd yn dweud, 'Ti'n pathetic.' Ie, ond sai'n byw mewn oes lle mae angen bod yn athletwr er mwyn gallu bwyta, meddyliodd. A 'sen i'n hamro ti ar Xbox, gyfaill.

Bu Nel yn rhoi gwers bwa a saeth i Mari am sbel hefyd, ac er ei bod hi'n llwyddo i daro'r goeden roedd hi'n anelu ati, roedd hi'n bell iawn o daro'r cylch bach crwn oedd wedi'i dorri yn y rhisgl. Roedd Nel, ar y llaw arall, yn taro'r cylch hwnnw bron bob tro.

'Mi ddoi di,' meddai Nel. 'Ti'n gwella bob tro.'

AR ÔL CINIO, ymgasglodd torf fawr ar lecyn gwastad, agored yng nghanol y goedwig.

'Waw! Mae cannoedd yma! Ydy'r rhain i gyd yn Wylliaid?' gofynnodd Rhys.

'Ydyn. Nid pawb sy'n byw yn yr Ogof Fawr,' meddai Catrin. 'Mae rhai'n byw yma ac acw yn eu tyddynnod bychain eu hunain, ac mae 'na ambell deulu mewn ogofâu llai yng Nghwm Dugoed.'

'Ac mae 'na ambell ffarmwr yn dal i'n cefnogi ni,' meddai John Goch. 'Maen nhw'n edrych ar ein holau ni, felly rydan ni'n edrych ar eu holau nhw . . . Dyma ni – y ras gynta. Rhaid i mi fynd – hwyl!'

'Pob lwc!' gwaeddodd Mari a Catrin. Gobeithio gwnei di faglu, meddyliodd Rhys.

John enillodd y ras – ond dim ond o drwch blewyn; roedd Elis yn dynn wrth ei sodlau yr holl ffordd o un pen i'r llecyn i'r llall, a bu bron iddo'i basio pan lithrodd John mewn darn oedd braidd yn fwdlyd. Fflipin hec, falle fod tipyn bach o ddewin ynof fi, meddyliodd Rhys.

Siencyn enillodd ras y plant a Nel enillodd ras y merched, gyda Mari'n olaf.

'Dwi wastad yn ennill am redeg yn yr ysgol ac yn rasys yr Urdd,' meddai Mari wedyn, 'ond dwi fel malwen o'i gymharu â'r rhain.'

Ieuan Brydydd Byr enillodd am daflu gwaywffon, ac am godi carreg anferthol.

'Fo ydy'r dyn cryfa ym Meirionnydd, yn bendant,' meddai Catrin. 'Mi lwyddodd i godi buwch allan o ffos ddofn unwaith!'

Lowri enillodd gystadleuaeth y ferch gryfa, a hynny am y degfed tro yn olynol, yn ôl Catrin.

'Blynyddoedd o fagu cyhyrau yn fy waldio i a John,' gwenodd Siencyn.

Morris Goch enillodd yr ymaflyd codwm, er bod Siôn Wyllt wedi gwneud sioe dda iawn yn ei erbyn yn y rownd derfynol.

'Mi ga i di'r flwyddyn nesa!' chwarddodd Siôn. 'Ti'n mynd dim iau . . .'

'Ond mi fyddi di'n dal yn rhy wyllt,' gwenodd Morris. 'Mae 'na fwy i ymaflyd codwm na chyflymdra, 'sti; mae'n rhaid i'r meddwl fod yn gyflym a chyfrwys hefyd.'

Roedd y dorf yn mwynhau pob eiliad o'r cystadlu, yn gweiddi a bloeddio a chymeradwyo pawb, nid dim ond eu ffefrynnau, ac roedd Rhys a Mari'n gegrwth.

'Wnes i rioed feddwl . . .' meddai Mari.

'Na fi. Pwy sydd angen yr Olympics!'

'Ond pam nad ydy pethau fel hyn wedi para, yn dal i gael eu gwneud yn ein hoes ni?' meddai Mari.

'Maen nhw! Mae gan bob ysgol ei diwrnod mabolgampau, on'd oes e?'

'Oes, ond mae hyn yn wahanol – mae 'na oedolion yma hefyd, cymdogion yn cystadlu yn erbyn ei gilydd. Does 'na ddim byd fel hyn yn digwydd yn lleol rŵan.'

'Wel, mae'n digwydd yng Nghaerdydd,' meddai Rhys. 'Mae rhyw gystadlaethau yn y pyllau nofio o hyd, ac ar y trac athletau, ac yn y Velodrome yng Nghasnewydd.'

'Ia, ond does gynnon ni'm adnoddau fel'na fan hyn, Rhys. Ond . . . sbia, does gan y rhain ddim adnoddau crand chwaith, nag oes, a sbia ar yr hwyl maen nhw'n ei gael!'

'Hei!' galwodd Siencyn arnyn nhw. 'Dowch i weld John yn curo pawb â'i fwa a saeth!'

'O, dyna syndod,' meddai Rhys dan ei wynt. 'Mae'r boi yn amlwg yn Superman . . .' Ond roedd Mari wedi ei glywed. Edrychodd arno'n llawn diddordeb.

'Rhys? Wyt ti'n genfigennus o John Goch?'

'Beth? Fi? Paid â bod yn sofft! Dere, neu fyddwn ni'n rhy hwyr i'w weld e'n curo pawb . . . eto.'

Brysiodd y ddau ar ôl Siencyn a gweld bod rhes o saethwyr yn sefyll tua chanllath i ffwrdd o goeden fawr, a chylch gwyn wedi ei dorri allan o'i rhisgl. Yng nghanol y cylch roedd cylch bychan arall, wedi ei beintio'n las. Roedd torf yn ffurfio o gwmpas y saethwyr, a'r cynnwrf fel trydan.

'Dyma'r gystadleuaeth bwysica!' meddai Siencyn.

'Dy allu efo bwa a saeth ydy'r un sydd *wir* yn cyfri. A fi fydd yn ennill y flwyddyn nesa. Ond mi allwn i ennill eleni hefyd, a deud y gwir, tasen nhw'n gadael i mi gystadlu.'

'Be sydd? Rhy fach wyt ti?' gofynnodd Mari.

'Naci. Rhy beryg,' meddai Siencyn, a'i wyneb yn gwbl ddifrifol. 'Mae gynnyn nhw i gyd fy ofn i!' meddai wedyn, gan biffian chwerthin. 'Ond ia, ti'n iawn, maen nhw'n deud bod angen bod fodfedd neu ddwy yn dalach nag ydw i cyn y ca' i roi cynnig arni. Rheol hurt os ti'n gofyn i mi. Ond hisht! Maen nhw ar gychwyn! A Siôn Wyllt sy'n mynd gynta . . .'

Aeth pawb yn berffaith, gwbl dawel er mwyn rhoi chwarae teg i'r saethwyr. Anelodd Siôn yn ofalus, yna rhyddhaodd ei saeth a gwibiodd honno drwy'r awyr – gan fethu'r cylch o fodfedd yn unig. Ochneidiodd y dorf a rhegodd Siôn Wyllt dan ei wynt.

'Maen nhw'n cael tri chynnig,' sibrydodd Siencyn, 'ond go brin neith o ennill rŵan.'

'Mae'r targed yn rhy bell i ffwrdd!' sibrydodd Mari.

'Nac ydy, siŵr. Mae'r saethwyr gorau i fod i allu saethu'n berffaith gywir o ganllath!'

Llwyddodd Siôn i daro'r targed â'i ddwy saeth

nesa, ond cerddodd i ffwrdd yn flin iawn, iawn â'i hun, yn bytheirio a phoeri.

Wil Coed oedd nesa, ac er iddo lwyddo i daro'r cylch deirgwaith, doedd yr un cynnig yn agos at y canol. Roedd o'n amlwg yn siomedig, ond mewn llawer gwell tymer na Siôn Wyllt.

Un ar ôl y llall, camodd y saethwyr ymlaen, ac roedd pob un yn gallu taro'r goeden o ganllath, a'r rhan fwya'n taro'r targed – gan gynnwys Nel a merch arall o Gwm Dugoed. Ond dim ond Elis oedd wedi taro'r canol glas hyd yma.

'Shwt lwyddon nhw i gael lliw glas mor llachar?' gofynnodd Rhys i Catrin. 'Sai'n siŵr ydyn nhw wedi creu paent eto,' eglurodd wrth Mari.

'Mae 'na graig yn ymyl fan hyn sy'n las,' eglurodd Catrin, 'wel, sydd â rhyw fath o stwff glas ynddi, a hwnnw fyddwn ni'n ei ddefnyddio i beintio pethau a marcio anifeiliaid. Ein taid ni ddaeth o hyd iddo fo, a chyfrinach y Gwylliaid ydy o!'

'Hisht!' sibrydodd Siencyn. 'John ni sydd nesa!'

Camodd John yn ei flaen, ysgwyd ei ddwylo er mwyn llacio'i gyhyrau, yna gosod ei saeth yn ei fwa, anelu, a'i thynnu'n ôl yn araf. Hedfanodd ei saeth yn berffaith drwy'r awyr a glanio reit yng nghanol y cylch glas.

Bloeddiodd y dorf eu cymeradwyaeth, ac roedd

Siencyn yn neidio i fyny ac i lawr fel peth gwirion. Yna ymdawelodd pawb eto wrth i John anelu am yr eildro.

Ochneidiodd y dorf wrth i'w saeth fethu'r cylch glas o drwch blewyn.

'Drapia,' sibrydodd Siencyn. 'Mi fydd raid iddo fo daro'r glas efo hon os ydy o am ennill!'

Daliodd pawb eu gwynt wrth i John anelu am y tro olaf. Oedodd yn hirach y tro hwn cyn rhyddhau ei saeth. Ond unwaith eto, methu'r glas o'r mymryn lleia wnaeth o. Ochneidiodd y dorf fel un.

'O, trueni,' meddai Rhys.

'Mae Elis a fo'n gyfartal rŵan,' meddai Siencyn. 'Gawn ni weld be benderfynith y trefnwyr . . .'

Gwyliodd y dorf y trafod tawel rhwng tri o'r dynion hŷn. Yna,

'Un cynnig yr un eto i Elis ap Tudur a John Goch!' gwaeddodd y talaf o'r dynion, a dechreuodd y dorf weiddi a bloeddio. Roedd hon yn chwip o gystadleuaeth!

'Ty'd 'laen, John!' gwaeddodd Siencyn. 'Taro'r glas 'na neu mi gicia i dy ben-ôl di o fan hyn i Fallwyd!' Chwarddodd pawb – heblaw am John. Roedd o'n canolbwyntio ac mewn byd arall. Fo oedd yn mynd gynta, a phan lwyddodd i daro'r glas reit yn y canol, aeth y dorf yn wallgo. Go brin y byddai Elis Nannau yn gallu curo honna!

Camodd Elis ymlaen ac anelu. Gollyngodd ei saeth yn rhydd – a hollti saeth John yn ei hanner! Roedd pawb yn gegrwth am hanner eiliad, yna aeth pawb yn wirion a neidio i fyny ac i lawr gan floeddio a sgrechian.

'Dwi rioed wedi gweld hynna o'r blaen,' meddai Siencyn a'i lygaid fel soseri. 'Wedi clywed am y peth, do, ddigon o weithiau, ond rioed wedi'i weld o.'

'Ydyn nhw'n gyfartal 'te? Gan fod y ddau wedi taro'r un man yn union?' gofynnodd Rhys.

'Nac ydyn siŵr! Elis sydd wedi ennill wrth wneud hynna, debyg iawn! Nefi, ti'n dwp fel postyn weithie, yn dwyt, Rhys!' chwarddodd Siencyn, a rhedeg i ffwrdd cyn i Rhys fedru gafael ynddo.

'Ydy'r cyfan drosodd rŵan?' gofynnodd Mari i Catrin.

'Y campau, ydyn, ond mi fydd 'na ganu a dathlu nes mlaen,' gwenodd Catrin. 'A chan fod criw'r Dugoed wedi dal baedd gwyllt ddoe, bydd digon o gig i bawb!'

'O, wpdi-dw,' meddai Rhys. 'Sdim *vegetarian option* mae'n siŵr . . .'

Roedd y baedd wedi ei hen orffen (a Rhys wedi gorfod bodloni ar fara ceirch a chwrw eto fyth), a'r dorf wedi gwasgaru ar ôl oriau o ganu a dawnsio cyn i Rhys a Mari gael cyfle am sgwrs eto.

'Wyt ti wedi gweld Wil Coed?' gofynnodd Mari.

'Oedd e 'ma funud yn ôl,' atebodd Rhys, 'ond sai'n gallu ei weld e nawr. Na Siôn Wyllt . . . na Lowri. Ble maen nhw i gyd wedi mynd?'

Aeth Mari at Dorti, oedd yn setlo i gysgu yn ei chornel arferol.

'Dorti? Ble mae Wil Coed a'r lleill wedi mynd?'

'O, i un o'r gwindai am fwy o gwrw a medd, siŵr gen i – y bythynnod sy'n bragu cwrw. Fyddan nhw'n ôl cyn bo hir, paid â phoeni.'

Aeth Mari 'nôl at Rhys i egluro.

'Damo. Bydd raid i ni aros tan y bore i gael gair gydag e felly,' meddai Rhys. 'Well i ni fynd i'n gwelyau 'te. Er, sai'n teimlo fel cysgu eto.'

'Na fi,' meddai Mari. 'Ac mi faset ti'n disgwyl i ni fod ar ein gliniau ar ôl yr holl ddawnsio!'

'Hei! Chi'ch dau!' galwodd llais o'r tu ôl iddyn nhw. 'Dach chi isio dod efo fi i bysgota?' John Goch oedd yno, yn gwenu fel giât.

'Beth? Nawr?' meddai Rhys. 'So ti wedi blino ar ôl ennill popeth – bron?' Ond anwybyddu'r sylw hwnnw wnaeth John Goch.

'Ia, rŵan ydy'r amser gore,' meddai, 'gyda'r nos, a lleuad lawn i oleuo'r ffordd. Neu sgynnoch chi ormod o ofn y nos?'

'Sdim ofn arna i,' meddai Rhys yn bendant. 'Ond sai'n moyn lladd unrhyw bysgodyn.'

'O, ty'd 'laen Rhys,' meddai Mari. 'Mae pysgota'n hwyl, ac mi fysa'n gwneud lles i ti fwyta un hefyd. Ei di'n sâl yn byw ar ddim byd ond uwd mes.'

'Wel . . . sai'n siŵr.' Ond roedd Rhys wedi dechrau cael llond bol ar uwd a bara ceirch, a doedd ei stumog ddim wedi bod yn wych, ac roedd y baedd wedi arogli mor hyfryd . . . efallai y gallai droi'n llysieuwr oedd yn bwyta pysgod – weithiau.

'O, ty'd,' meddai Mari. 'Ac yli mor hyfryd ydy'r lleuad lawn yna. Noson hyfryd i fynd am dro.'

'Yn hollol,' meddai John Goch, 'a dwi'n gallu gweld fel llwynog yn y tywyllwch beth bynnag. Dowch, dilynwch fi.'

Ac i ffwrdd â fo, a'r ddau arall yn gorfod rhedeg drwy'r eira i ddal i fyny ag o.

'Dwi'n gobeithio nad yw e'n mynd â ni filltiroedd bant,' meddai Rhys, 'neu mi fydda i wedi marw.'

'O, rho'r gore i gwyno,' meddai Mari, 'mae hyn yn mynd i'n cadw ni'n gynnes!'

Ond roedd hithau'n ddiolchgar pan gyrhaeddon nhw'r afon.

'Dyma ni,' meddai John Goch, 'hwn ydy'r pwll gorau i ddal brithyll. A slywod.'

'Beth yw "slywod"?' gofynnodd Rhys.

'Mwy nag un slywen,' meddai John.

Rhowliodd Rhys ei lygaid.

'Ie, ocê, ond so ni'n gwybod beth yw "slywen", ydyn ni?'

'Mi ydw i!' meddai Mari'n syth. '*Eel* ydy o yn Saesneg.'

'*Eel*? Sai moyn cyffwrdd mewn *eel*!'

'Slywen . . .' meddai John a Mari yr un pryd, cyn edrych ar ei gilydd a chwerthin.

'Paid â gwneud hen lol rŵan, Rhys,' meddai John. 'Ty'd, ddangosa i i ti sut i ddal brithyll mawr tew. Mae'n ddigon hawdd. Ddylwn i fod wedi dod â

Siencyn efo ni, a deud y gwir – welais i rioed neb yn gallu dal pysgod fel fo.'

'Ie, dwi wedi sylwi fod dy frawd yn fachgen . . . wel, arbennig,' meddai Rhys.

'Ti byth yn gorfod dangos unrhyw beth iddo fo ddwywaith,' cytunodd John. 'Mae'n gweld drwy bethau'n syth bìn. Ac mae'n gallu canu fel angel, fel y clywsoch chi. Yr unig broblem efo'r crinc bach ydy nad ydy o byth yn rhoi'r gorau i siarad! Ond dwi'n siarad gormod rŵan . . . mae angen bod yn dawel i ddal pysgod.'

Roedd John wedi dal tri, Mari wedi dal dau a Rhys wrthi'n brwydro gyda'i fachiad cyntaf, pan glywson nhw'r sgrechian a'r gweiddi yn y pellter.

'Hisht! Be oedd hwnna?' meddai John Goch.

'Roedd o'n dod o'r cyfeiriad acw,' meddai Mari, gan bwyntio i'r gorllewin. Cyfeiriad yr ogof. Edrychodd y tri ar ei gilydd cyn dechrau rhedeg.

'Beth am y pysgod?' gofynnodd Rhys.

'Anghofia amdanyn nhw,' meddai John gan redeg fel milgi o'u blaenau. 'Mae 'na rywun yn ymosod ar yr ogof!'

Gan fod John Goch yn gallu rhedeg mor gyflym, roedd Rhys a Mari wedi colli pob golwg ohono o fewn dim.

'Alla i byth redeg ffwl pelt fel hyn yr holl ffordd yn ôl!' meddai Rhys.

'Na fi, mae gen i bigyn yn fy ochor!' ochneidiodd Mari. 'Ond mae'n rhaid i ni *drio*'i ddilyn o, neu awn ni ar goll!'

Brwydrodd y ddau ymlaen drwy'r coed duon yng ngolau arian y lleuad lawn. Rhyw dri chan llath o geg yr ogof, dyma nhw'n gweld John yn cuddio'r tu ôl i goeden. Trodd a chodi ei fys at ei geg. Cerddodd y ddau tuag ato'n ofalus gan geisio peidio â thorri brigau dan draed a chael eu gwynt yn ôl heb duchan yn rhy uchel. Heb yngan gair, tynnodd John eu sylw at y ffaith fod eu hanadl fel mwg, ac yn hawdd ei gweld. Cododd flaen ei diwnig brethyn dros ei drwyn a'i geg ac amneidio arnyn nhw i wneud yr un fath. Ufuddhaodd y ddau yn syth.

Roedd y gweiddi a'r sgrechian wedi dod i ben. Neu . . . na, roedd sŵn wylofain ac ambell sgrech i'w clywed o hyd, ond yn bell iawn i ffwrdd. Ac roedd sŵn wylo ac udo plant yn dod o'r ogof. Doedd dim golwg o neb y tu allan, heblaw am ambell afr yn crwydro ac iâr neu ddwy'n pigo'r pridd fel petai dim wedi digwydd.

Arhosodd Rhys a Mari y tu ôl i'r goeden wrth i John Goch symud fel cath i gael gwell golwg ar geg yr ogof. Gwyliodd y ddau'r bachgen yn llithro fel cysgod o un goeden i'r llall, nes ei golli'n llwyr. Yna, pwyntiodd Mari at y graig – roedd o â'i gefn at y graig yr ochr draw, yn agosáu at y fynedfa fesul modfedd. Sylweddolodd Rhys ei fod yn crynu – a Mari hefyd. Ond nid oherwydd yr oerfel.

Yna sleifiodd John ei ben yn araf, araf heibio ochr y graig i sbecian i mewn i'r fynedfa. Oedodd, yna diflannodd i'r tywyllwch. Ymhen rhyw bum munud, daeth allan a chodi llaw ar Rhys a Mari i ddod ato.

Roedd y lle wedi ei chwalu'n rhacs, a neb ar ôl ond y plant lleia, yn faw a dagrau i gyd. Brysiodd Mari a Rhys i geisio'u cysuro. Plygodd John o flaen merch fach tua phump oed.

'Begw? Be ddigwyddodd? Ble mae pawb?'

'Dynion drwg!' meddai honno rhwng ei dagrau. 'Dynion drwg wedi'n dychryn ni a'n brifo ni a llusgo pawb i ffwrdd! Mam, Dodo Dorti – pawb!'

'Na, nid pawb,' meddai Mari, wrth frysio at bentwr o sachau yn y gornel. Plygodd o flaen y pentwr a chodi un ohonyn nhw. Dorti oedd hi, yn waed i gyd, a'i llygaid wedi cau.

'Dorti! Ydy hi'n fyw?' gofynnodd John wrth ruthro tuag ati.

Chwiliodd Mari am arddwrn yr hen wraig, a

gosod ei dau fys ar y tu mewn, i geisio dod o hyd i guriad ei chalon.

'Be ti'n neud?' sibrydodd John Goch, oedd erioed wedi gweld hyn yn cael ei wneud o'r blaen.

'Gawson ni wersi cymorth cyntaf yn y Clwb Ffermwyr Ifanc,' meddai Mari, 'a fan hyn, jest o dan ei bawd hi, mi ddylwn i allu teimlo'r gwaed yn pwmpio drwy'r wythïen – os ydy hi'n dal yn fyw . . .'

'Ac ydy hi? Wyt ti?'

'Ym . . . nac'dw, ddim eto . . . o! Aros eiliad! Yndw! Yndi! Mae hi'n dal yn fyw! Ac mae hi'n anadlu! Helpa fi i'w rhoi hi yn y *recovery position* . . .'

'Y be?'

'Ystum adferol, dwi'n credu,' meddai Rhys.

'Ystum be?'

'O, dio'm bwys, jest helpa fi i'w throi ar ei hochr,' meddai Mari. 'Rhys! Tria ferwi dŵr i ni gael golchi'r briwiau yma!'

Brysiodd y ddau fachgen i ufuddhau iddi, ac fel roedden nhw'n ceisio glanhau clwyfau Dorti yn ofalus, rhedodd un o'r plant bach yn ôl o fynedfa'r ogof.

'Mae rhywun yn dod! Mae rhywun yn dod!' sgrechiodd, a neidiodd John Goch ar ei draed a thynnu dagr o'r belt lledr am ei ganol.

Ond Wil Coed gerddodd i mewn, ac yna Ieuan

Brydydd Byr, yn helpu Lowri, oedd yn gloff ac yn wylo fel petai'r byd ar ben. Ond pan welodd hi Dorti, brysiodd i ofalu amdani.

'Ai dyma'r cwbl sydd ar ôl?' gofynnodd Wil Coed yn llesg.

'Na, lwyddon ni i ddianc hefyd,' meddai llais Elis Nannau y tu ôl iddo, ac yn araf bach, daeth criwiau blinedig a hynod flin o Wylliaid i mewn i'r ogof. Roedd rhai, fel Nel a Catrin, wedi llwyddo i ddianc cyn i ddynion y Barwn eu dal, rhai wedi bod yn yfed yn go drwm yn ôl yr olwg oedd arnyn nhw, a rhai wedi digwydd bod allan yn hela neu'n pysgota fel John Goch, Mari a Rhys.

'Wedi aros i droi nghlos yn y coed ar fy ffordd yn ôl o'r gwindy ro'n i,' meddai Wil Coed, 'a dyna pryd glywais i'r gweiddi. Es i'n ddigon agos i weld y diawlied yn eu llusgo nhw i ffwrdd, ond allwn i wneud dim ar fy mhen fy hun, a dim ond cyllell fechan oedd gen i. Mi wnes i eu dilyn hyd at Fallwyd, yn y gobaith o fedru gwneud rhywbeth, ond roedd 'na ormod ohonyn nhw.'

'Faint ohonon ni ddalion nhw i gyd, 'ta?' gofynnodd Siôn Wyllt.

'Dwi'm yn siŵr, rhyw hanner cant neu fwy falle. Roedden nhw i gyd wedi'u clymu at ei gilydd, hyd yn oed y plant . . . Ddylwn i fod wedi trio . . .' Roedd ei lais wedi mynd yn gryg, a rhoddodd ei ben yn ei ddwylo.

'Allet ti wneud dim ar dy ben dy hun, Wil. Callach o beth coblyn oedd i ti ddod yn ôl fan hyn – yn un darn. Ond pam Mallwyd?' holodd Ieuan Brydydd Byr. 'Mi fyddwn i wedi disgwyl iddyn nhw fynd am Fwlch yr Oerddrws i lawr i Ddolgellau.'

'A finnau, ond troi am Gwm Dugoed wnaethon nhw.'

'Oedd Siencyn bach efo nhw?' gofynnodd Lowri'n dawel, gan godi ar ei thraed.

Oedodd Wil Coed cyn ateb.

'Oedd, mae arna i ofn.'

Rhoddodd Ieuan Brydydd Byr ei freichiau'n dynn am Lowri wrth iddi wylo ac udo i mewn i'w ysgwydd fawr, gadarn.

Gallai Mari weld bod John Goch yn brwydro'n galed i beidio â gadael i'r dagrau ddisgyn o'i lygaid yntau. Gwasgu ei ddyrnau'n dynn oedd hwnnw, nes bod yr esgyrn i'w gweld yn felyn drwy'r croen.

'Pam ydan ni'n oedi fan hyn 'ta?' gofynnodd John yn sydyn. 'Mae 'na ddigon ohonon ni, allwn ni fynd ar eu holau nhw – rŵan, y munud yma – a'u hachub nhw.'

'Mae'r hogyn yn llygad ei le,' bloeddiodd Siôn Wyllt. 'Dowch!'

'Siôn, aros . . . ti'n feddw – mae'n hanner ni'n feddw!' meddai Morris Goch. 'Does 'na ddim siâp arnon ni i frwydro!'

Roedd o'n dweud y gwir; roedd y rhan fwya o'r dynion yn simsan ar eu traed a'u llygaid yn sgleinio.

'Mi sobrwn ni'n go handi,' meddai Siôn gan redeg i roi ei ben yn y nant.

Ysgydwodd Wil Coed ei ben.

'Meddw neu beidio, mi fydd raid i ni fynd ar eu holau,' meddai. 'Welodd y Barwn mo'n ceffylau ni, gobeithio?'

'Naddo,' meddai Morris Goch. 'Na'r gwartheg. Maen nhw i gyd yn dal yng Nghae Pwll.'

'Maen nhw wedi dwyn y rhan fwya o'r arfau oedd yn yr ogof, ond wnaethon nhw ddim meddwl chwilio yn y cwt coed,' meddai Elis.

Brysiodd pawb allan a helpu Elis i chwilio am wahanol arfau o un o'r cytiau oedd yn pwyso yn erbyn y graig.

'Awn ni?' meddai John Goch, ar ôl rhoi ei fwa dros ei ysgwydd a chleddyf bychan yn ei felt.

'Iawn, ond alla i ddim deall pam eu bod nhw wedi mynd am Gwm Dugoed,' meddai Wil. 'Efallai y cawn wybod os awn ni'n go sydyn.' Trodd at Lowri. 'Wnei di aros efo Dorti a'r plant?' gofynnodd.

'Na wna i! Dwi isio gweld Siencyn!' atebodd, gan

dynnu ei hun allan o freichiau Ieuan. 'Mi wna i ddefnyddio hwn ar unrhyw un fydd yn meiddio gwneud niwed iddo fo!' ychwanegodd, gan dynnu dagr milain yr olwg o'r belt am ei chanol.

'Iawn,' meddai Wil, oedd yn gwybod mai ffŵl fyddai'n ceisio dod rhwng Lowri ac unrhyw un o'i phlant er ei bod yn gloff – Siencyn bach yn fwy na neb. 'Ond bydd raid i rywun aros ar ôl . . .'

'Mi wna i,' meddai Mari a Catrin yr un pryd.

'A finne,' meddai Rhys. 'Fydden i byth yn gallu dala lan gyda chi, ta beth.'

ROEDD Y GWYLLIAID wedi diflannu drwy'r coed o fewn dim, ac aeth Mari a Catrin ati'n syth i ofalu am Dorti, oedd wedi dechrau dod ati ei hun, ac yn gallu dweud wrthyn nhw pa eli o'i photiau pridd i'w ddefnyddio ar ei chlwyfau.

Syllodd Rhys mewn penbleth ar y plant bach dagreuol oedd wedi ymgasglu o'i gwmpas wrth y tân, yn edrych i fyny arno â'u llygaid mawr, llawn ofn.

'Ym . . . beth am i ni chwarae gêm,' awgrymodd. 'Gweld allwn ni gael trefn ar y lle 'ma cyn i bawb ddod yn ôl.' Daliai'r plant i syllu arno, heb symud blewyn. 'Ym . . . fel hyn?' meddai, gan godi stôl oedd ar ei hochr, a'i gosod ger y wal. 'A rhywun i sgubo'r llawr falle?' meddai, gan estyn ysgub o frigau wedi eu clymu ar un pen i ferch fach tua chwech oed. Cymerodd honno'r ysgub oddi arno'n ufudd, a dechrau sgubo'r dail a'r baw yn bentwr. Roedd hi wedi hen arfer, yn amlwg. Ac er mawr syndod i Rhys, o fewn dim, roedd y plant bach fel byddin o forgrug, yn twtio a glanhau, yn casglu coed tân a dal y geifr oedd wedi dechrau dod yn ôl i mewn i'r ogof i chwilio am fwyd.

'Da iawn, Rhys,' meddai Mari â gwên. 'Mi fysat ti'n athro cynradd da iawn.'

'Athro? Fi?' meddai Rhys. 'Sai'n moyn bod yn athro. Sai'n hoffi plant.'

'Wel . . . maen nhw'n dy hoffi di,' meddai Mari, cyn troi ei sylw'n ôl at Dorti, oedd yn eistedd i fyny bellach.

'Mi fyddan nhw'n rhy hwyr . . .' meddai Dorti mewn llais crynedig.

'Mae'n ddrwg gen i?'

'Rhy hwyr. Dwi'n gweld . . . coed. Coed derw . . . ar fryn . . . a rhaffau . . . ugeiniau o raffau yn . . .' Dechreuodd siglo'n ôl a mlaen ac wylofain.

'Dorti, be sydd? Breuddwydio ydach chi?'

'Dwi'n eu gweld nhw . . . Y coed derw . . . a'r rhaffau . . .'

'Dorti, peidiwch â . . .'

'A'n pobol ni, druan, yn cael eu llusgo i fyny'r bryn – a'r plant yn wylo! Dwi'n gallu teimlo'r ofn! A chlywed y sgrechian . . . O, dduw mawr . . . na!'

Ac yn sydyn, llewygodd Dorti a disgyn yn llipa ar y rhedyn.

'Dorti? Dorti!' Brysiodd Mari a Catrin i geisio'i chodi eto. 'Rhys! Helpa ni!'

Roedd y plant bach wedi gollwng eu hysgubau a'u coed tân ac yn syllu ar Dorti â llygaid llawn braw. Brysiodd Rhys heibio iddyn nhw a llwyddo i helpu'r merched i godi Dorti 'nôl ar ei heistedd, ond roedd ei phen yn disgyn yn ôl a mlaen fel pen doli glwt.

Cydiodd Mari yn ei hwyneb â'i dwy law.

'Dorti! Deffrwch! Plîs, deffrwch!'

Ac yn sydyn, agorodd llygaid yr hen wraig, a dechreuodd y dagrau lifo i lawr ei hwyneb. Chawson nhw ddim gair arall ohoni am oriau.

AR ÔL I RHYS, Mari, Catrin a'r merched ifainc eraill lwyddo i gynhesu ychydig o gawl ar y tân i fwydo'r plant, a rhoi powlen o flaen Dorti, mi fuon nhw'n ceisio perswadio pawb i fynd i gysgu. Roedd y plant lleia eisoes wedi syrthio i gysgu'n sownd yng nghanol y pentyrrau o redyn roedden nhw wedi bod yn ceisio'u tacluso.

'Ty'd, Hanna fach,' meddai Mari wrth ferch tua saith oed. 'Mi fyddwn ni i gyd yn teimlo'n well ar ôl noson o gwsg, gei di weld.'

'Ond ble mae Mam? Dwi isio Mam,' wylodd Hanna, oedd wedi gweld y dynion yn llusgo'i mam i ffwrdd i'r nos. Wyddai Mari ddim beth i'w ddweud wrthi. Ond rhoddodd ei breichiau amdani a'i suo i gysgu, gan ganu "Cysga di, fy mhlentyn tlws, cei cysgu tan y bore" yn ysgafn.

'Llais neis 'da ti,' meddai Rhys.

'Diolch.'

'A dwi'n credu ei bod hi'n cysgu nawr.'

Ar ôl i Mari lwyddo i roi Hanna i orwedd ar y rhedyn heb ei deffro, aeth hi allan i'r nos gyda Rhys. Edrychodd y ddau i fyny ar y lleuad drwy frigau'r coed.

'Be ti'n meddwl welodd Dorti?' gofynnodd Mari'n dawel.

'Sai'n siŵr. Ond oedd e'n swno'n ddigon ofnadw i fi.'

'Oedd . . . Rhys? Wyt ti'n meddwl ei bod hi'n rhyw fath o wrach?'

'Falle . . . Sai'n gwybod. Sai rioed wedi credu mewn pethau fel gwrachod a hud a lledrith, ond nawr . . . sai mor siŵr.'

'Na fi.'

Syllodd y ddau ar y lleuad am amser hir, heb ddweud gair. Yna:

'Mae gen i ofn be sy wedi digwydd iddyn nhw,' meddai Mari.

'A fi,' meddai Rhys.

'Fe ddylen ni fod wedi deud wrthyn nhw.'

'Dylen.'

Tawelwch eto, a'r ddau heb dynnu eu llygaid oddi ar y lleuad.

'Ond doedden ni'm yn siŵr be oedd . . . sydd wedi digwydd, nag oedden?' meddai Mari.

'Na. Ond roedden ni'n gwybod ei fod e'n rywbeth mawr, rhywbeth difrifol.'

'O, Rhys . . . dwi'n teimlo mor euog,' meddai Mari. Trodd Rhys ei ben yn araf i edrych arni a gweld sglein ei dagrau'n diferu i lawr ei boch. Rhoddodd ei fraich am ei hysgwydd.

'A fi, Mari. A fi.' Caeodd ei lygaid yn dynn, dynn, a gweld wyneb Siencyn yn gwenu'n ddireidus arno dan ei fop o wallt coch. Gweddïodd y byddai'n ei weld eto.

Pennod 8

Roedden nhw newydd godi pan ddaeth Wil Coed yn ei ôl i'r ogof, yn arwain ei geffyl blinedig y tu ôl iddo.

'Rhowch chydig o fwyd a diod i'r ceffyl 'ma,' meddai wrth y plant bychain cyn iddyn nhw fedru holi dim arno. Brysiodd y plant i ufuddhau, a throdd Wil at Dorti, Mari a Rhys. Edrychai fel petai wedi heneiddio deng mlynedd dros nos. Estynnodd un o'r merched bowlen bridd o gwrw iddo, a chydiodd yntau ynddi gyda 'diolch' swta, cyn gollwng ei hun yn drwm ar un o'r stolion.

Roedd pawb eisiau ei holi, ond neb eisiau bod y cyntaf i wneud hynny. Fe wylion nhw Wil yn yfed yn araf, ac yn sychu ei wefusau â'i lawes.

'Ydach chi'n well?' gofynnodd i Dorti, oedd yn eistedd yn ei chornel arferol.

'Ydw,' atebodd yr hen wraig.

'Yn ddigon da i ddod ar gefn y ceffyl am filltir neu ddwy?'

'Ydw,' atebodd hithau, heb dynnu ei llygaid oddi arno.

'A phawb arall yn ddigon iach i gerdded efo ni?' meddai, gan hanner troi ei ben i gynnwys pawb oedd yn yr ogof. Gan na chlywodd 'na' gan neb, aeth yn ei flaen. 'Iawn, pan fydd y ceffyl acw wedi cael ei wynt ato, rydan ni i gyd yn mynd . . . am dro . . . a dewch â phob rhaw sydd yma efo chi.'

Syllodd pawb arno, yn aros am eglurhad, ond ddaeth yr un. Sylwodd Mari fod Dorti wedi gwneud sŵn bach rhyfedd yn syth, a chau ei llygaid.

'Sori, ond sai'n deall,' meddai Rhys. 'Beth sydd wedi digwydd? Ble mae pawb?'

Edrychodd Wil arno am amser hir, heb ddweud gair. Yna, 'Mae'r lleill wedi aros ar y Collfryn, lle daethon ni o hyd i'r pedwar ugain gafodd eu cipio.' Anadlodd yn ddwfn cyn mynd yn ei flaen. 'Roedd y Barwn Owen a John Brooke, ei ddirprwy, a'u llabystiau mawr o ddynion yno, ar ben y bryn. Roedd 'na gylch o ddynion yn sefyll, pob un â bwa a saeth, o gwmpas gwaelod y bryn, felly doedd fiw i ni fynd yn rhy agos. Ond roedden ni'n ddigon agos i allu gweld y cyrff – degau ohonyn nhw – yn crogi oddi ar ganghennau'r coed derw mawr oedd yno . . .

a chlywed lleisiau'r rhai oedd eto i'w crogi yn wylo, yn ymbil, yn erfyn . . . theimlais i rioed mor ddiymadferth yn fy myw.'

Cododd Mari ei llaw at ei cheg, yn teimlo fel cyfogi.

'Doedd 'na ddim llys barn, dim ond y Barwn Lewis Owen yn dedfrydu pob un i farwolaeth am fod yn aelod o Wylliaid Cochion Mawddwy. Roedd Elis a John Goch wedi dechrau anelu eu saethau ato'n syth, ond er cymaint ro'n i am weld gwaed y diawl yn llifo, mi wnes i eu rhwystro nhw. Mi fyddai'i ddynion wedi'n lladd a'n crogi ni i gyd, felly roedd yn rhaid i ni aros yn y cysgodion. Mi wnes i'n iawn, yn do, Dorti?' gofynnodd i'r hen wraig, a'i lygaid yn ymbil arni.

Nodiodd hithau ei phen yn drist.

'Do, machgen i, do.'

'Diolch . . . ro'n i angen clywed hynna, Dorti. Mi fydd ar fy nghydwybod i am weddill fy oes. Yn enwedig gan fod . . . gan fod Lowri wedi – wedi bod yn fwy o ddyn na fi . . .'

'Lowri? Dydy hi ddim yn . . ?'

'Mi glywodd hi lais Siencyn – nid yn wylo, ond yn rhegi fel y coblyn!' chwarddodd yn chwerw. 'Yn galw'r Barwn yn bob enw dan haul. Roedden nhw wrthi'n rhoi'r cortyn am ei wddw o pan roddodd

Lowri sgrech fel anifail gwyllt, a rhuthro heibio i ni. Roedd hi wedi rhedeg i fyny'r bryn cyn i ni fedru gwneud dim i'w rhwystro. Mae'n rhaid fod dynion y Barwn mewn cymaint o sioc â ni, achos saethon nhw ddim ati chwaith, ond mi gydiodd dau ohonyn nhw ynddi cyn iddi fedru cyrraedd Siencyn. Roedd hi'n strancio fel cath wyllt, yn cicio a brathu a rhegi'n waeth na'i mab. Yna rhoddodd John Brooke walden iddi ar draws ei hwyneb a'i gorchymyn i gau ei cheg.

'A dyna pryd dorrodd Siencyn . . . doedd o ddim wedi wylo o gwbl cyn hynny, ond roedd yr hogyn, druan, yn torri ei galon o weld ei fam yn cael ei thrin fel yna. Roedd ei glywed yn ddigon i dorri nghalon innau, dwi'n cyfadde . . . anghofia i fyth mo'i lais yn galw arni, llais oedd yn atsain drwy'r dyffryn, yn trywanu fy enaid i. Nid y bachgen direidus, bywiog roedden ni i gyd yn ei nabod oedd o bellach, ond plentyn bychan oedd angen bod ym mreichiau ei fam . . . ond mae'n rhaid bod gan y Barwn galon o garreg. Mi fu Lowri'n ymbil arno i beidio â'i ladd, bachgen bach deg oed nad oedd wedi gwneud unrhyw ddrwg rioed . . . ond mynnu y byddai'n siŵr o dyfu i fod yn droseddwr wnaeth y Barwn, a rhoi'r gorchymyn i'w grogi oddi ar y gangen oedd reit o flaen ei fam.'

Roedd y tawelwch yn yr ogof yn boenus. Doedd Wil ddim wedi bwriadu dweud hyn i gyd o flaen y plant, ond roedd y cwbl yn llifo allan ohono; roedd yn ail-fyw'r cyfan, a'r dagrau'n llifo i lawr ei wyneb.

'O, Siencyn bach . . .' ochneidiodd Dorti.

'Wnaeth o ddim marw'n syth . . .' griddfanodd Wil Coed. 'Am fod ei gorff o mor eiddil, mor ysgafn, am wn i . . . ac mi sgrechiodd Lowri am amser hir, hir yn gwylio'i mab yn marw o flaen ei llygaid. A phan oedd y cwbl drosodd, mi sgrialodd allan o ddwylo'r dynion oedd yn ei dal. Rhwygodd ei chrys a mynnu bod y Barwn yn edrych arni, ar y corff oedd wedi rhoi maeth i'r bachgen roedd o newydd ei ladd, ond oedd hefyd wedi rhoi maeth i feibion eraill – "Fydd yn golchi eu dwylo yn dy waed di, Lewis Owen!"

'Ro'n i wedi disgwyl iddo roi gorchymyn i'w lladd hithau'n syth, ond roedd o'n amlwg wedi dychryn. Mae o'n gwybod yn iawn pa mor bwerus ydy melltith fel yna, ac o fewn dim, roedd o a'i ddynion yn gadael, yn brysio'n ôl am Ddolgellau, a sgrechiadau Lowri'n dal i ganu yn eu clustiau.'

'Ac mi fydd ei sgrechiadau hi a'r bobol laddon nhw yn eu cadw'n effro yn y nos am fisoedd lawer . . .' meddai Dorti.

Ar ôl eiliadau hirfaith o dawelwch, camodd Hanna fach at Wil a gofyn:

'Ble mae Mam? Ga i weld Mam rŵan?'
Edrychodd yntau arni a chyffwrdd ei phen yn dyner.

'Awn ni ati, mechan i. Awn ni atyn nhw i gyd,' meddai gan godi ar ei draed. 'Rydan ni am eu claddu ar Foel Dugoed, yn ôl ein harfer,' meddai'n dawel. 'Mi fydd y ddaear yn galed, ond mi lwyddwn ni. Chaiff yr un brân na llwynog gyffwrdd yn yr un ohonyn nhw.'

Pennod 9

Am wythnosau ar ôl claddu'r wyth deg gafodd eu crogi ar y Collfryn, tawedog iawn fu'r Gwylliaid. Byddai Lowri a Catrin yn beichio crio ar ganol gwneud cawl; byddai John Goch yn diflannu am oriau ar ei ben ei hun, a Siôn Wyllt yn colli ei dymer ar ddim.

Bu'r plant bach yn crio am eu rhieni ac yn cael trafferth cysgu am ddyddiau lawer, ond yn araf bach, daeth bywyd yn ôl i ryw fath o normalrwydd.

Roedd Dorti'n cryfhau bob dydd, ac er y byddai'n dioddef o gur pen ofnadwy ar adegau, roedd hi'n ddigon da i fedru symud o gwmpas a thrin anafiadau pawb eto. Ei syniad hi oedd y dylai Rhys a Mari roi gwersi i'r plant pan fyddai'r glaw yn pistyllio a'r gwynt yn rhuo tu allan.

Cytunodd y ddau yn syth a mynd ati i gynnal rhyw fath o ysgol feithrin gan defnyddio llechi a darnau o gerrig miniog i ddysgu'r wyddor i'r plant. Ar ôl sbel o'u gwylio wrthi, roedd yr oedolion eisiau dysgu hefyd, ac erbyn canol Chwefror, roedd pawb yn gallu sgrifennu a darllen ei enw. Cerfiodd John Goch enw Siencyn ar ddarn hyfryd o bren derw a'i roi i'w fam. Gosododd hi'r pren hwnnw ar silff fechan yn wal yr ogof a byddai'n dweud 'Bore da' wrtho wrth godi, a 'Nos da' cyn iddi setlo i gysgu bob nos.

Llwyddodd Rhys, gyda help Morris Goch, oedd yn saer coed da, i wneud abacws allan o ddarn o bren a cherrig mân o'r afon, ac o fewn dim, roedd hyd yn oed Hanna fach yn gwybod beth oedd naw, tynnu tri.

Ond fe ddysgodd y Gwylliaid gryn dipyn i Rhys a Mari hefyd: yn ogystal â dysgu sut i wneud hetiau allan o groen wiwerod, nyddu gwlân a gwneud canhwyllau allan o wêr gwenyn mêl, dysgodd y ddau sut i wneud saethau a helpu i wneud pentyrrau o waywffyn. Bu John Goch yn eu dysgu sut i wneud bwa hefyd.

'Mae coed ffawydd a chyll yn gwneud rhai da, cryf,' meddai, 'ond yr ywen ydy'r goeden orau o ddigon.'

'Wooo, aros funud, pa fath o goeden yw ywen?' gofynnodd Rhys. 'Man a man i mi gyfadde, sai'n hollol siŵr beth yw ffawydd chwaith.'

Ysgydwodd John Goch ei ben mewn anghrediniaeth.

'A thitha'n fachgen sydd wedi cael ysgol?'

'So adnabod coed ar y cwricwlwm, ocê! A sdim llawer o alw am adnabod coed pan wyt ti'n byw yng Nghaerdydd!'

'Nawn ni ddangos i ti wedyn,' meddai Mari, oedd ar dân eisiau gwneud ei bwa ei hun. 'Ond, John, pam nad ydy pob bwa wedi'i neud o ywen, 'ta?'

'Oherwydd bod pawb yn gwybod mai coeden ywen ydy'r orau, mae pawb wedi bod yn eu torri nhw, ar gyfer hela ac ar gyfer brwydro ers canrifoedd rŵan, felly erbyn heddiw, mae'r ywen yn weddol brin. Ond mae gynnon ni goedwig fechan ohonyn nhw – mewn lle anodd ei gyrraedd. Maen nhw'n wenwynig, felly mae'n rhaid gwneud yn siŵr na chaiff yr anifeiliaid fynd atyn nhw.'

Erbyn canol Mawrth roedd gan Mari fwa hyfryd o bren ywen, a Rhys un gweddol o bren cyll.

'Sai'n moyn i chi wastraffu coed da arna i,' meddai. 'Dwi'n dal ddim yn moyn lladd unrhyw beth, diolch.' Er hynny, bu'n cymryd ei dro gyda'r dynion eraill i gadw golwg ar y bryniau rhag ofn y byddai dynion y Barwn Owen yn mentro ymosod arnyn nhw eto. Ond welson nhw neb.

'Mae'n meddwl ei fod o wedi llwyddo i'n torri ni,'

meddai Wil Coed, 'ac mi wnawn ni adael iddo fo feddwl hynny. Am y tro.'

Bu Mari'n brysur yn hela a physgota, ond hefyd yn blingo gwiwerod a chwningod, a phluo a diberfeddu gwahanol adar. Ond gwrthododd Rhys yn lân â chyffwrdd unrhyw greadur marw – heblaw pysgodyn, a hynny ar ôl i rywun arall dorri'r pen i ffwrdd yn gyntaf. Er bod y dynion yn tynnu ei goes – a John Goch yn fwy na neb – roedd yn well ganddo fynd i gasglu dail bwytadwy gyda'r merched a'r plant bach.

'Dwi'n dysgu cymaint, ti'n gwybod, Mari,' meddai. 'Edrych, mae'r dail tafol hyn yn flasus – y rhai ifanc ta beth. A'r *dandelions* – sori – dant y llew – y dail a'r blodau! Pwy fydde'n meddwl? Ond mae blodau menyn, a'u dail, yn wenwynig – a'r stwff acw, cegid y dŵr, mae'n *deadly*, medden nhw. O, ac edrych, ti'n gweld y rhain – *nettles*?'

'Dail poethion,' nododd Mari.

'Ie, dyna beth o'n nhw'n eu galw nhw hefyd. Wel, dim ond y coesyn a dan y dail sy'n llosgi, felly . . .' gwenodd wrth estyn am ddeilen wrth ei ben-glin, 'os wyt ti'n rili gofalus, ac yn pigo deilen heb gyffwrdd oddi tani hi, fel hyn . . . ti'n gallu gwneud fel hyn.' Plygodd y ddeilen yn ei hanner, ac yna yn ei hanner eto cyn ei rhoi yn ei geg a chnoi'n hapus.

'Dyw hi ddim mor flasus â 'ny, ddim cweit yn Creme Egg neu Mars bar, ond mae'n fflipin newid o fflipin uwd mes. Ac mae'n hen bryd i ni gael stwff salad fel hyn; edrych ar y sbots sy dros fy wyneb i . . .'

Edrychodd Mari mewn braw ar y plorod mawr piws ar ei ên a'i dalcen.

'O, ych!' meddai. 'Be ti'n meddwl sy wedi achosi hynna?'

'Wel, dwi'n eitha siŵr nag yw e'n rywbeth mawr fel *cholera* neu *smallpox*. Dwi'n meddwl falle taw diffyg fitaminau yw e. Achos smo dy wallt di'n edrych yn grêt chwaith.'

'O, diolch, Rhys!' meddai Mari. 'Os weli di siop yn gwerthu *shampoo for greasy hair* cofia brynu potel i mi – a sychwr gwallt a *straighteners*! Wrth gwrs nad ydi ngwallt i'n sgleinio, y twmffat!'

'Ocê, sori, ym . . . mae dy wallt di'n edrych yn *amazing* o feddwl nad wyt ti wedi gallu ei olchi'n iawn ers pedwar mis.'

'Ia, wel, o leia dwi'n gallu ei guddio fo dan het,' meddai Mari gyda hanner gwên, 'ond mae dy wyneb di'n ofnadwy. Ti'n codi pwys arna i, a deud y gwir. Pam nad ei di i weld all Dorti dy helpu di?'

Yn ôl yn yr ogof, astudiodd Dorti y plorod yn ofalus.

'Oes, mae'n rhaid i ti fwyta mwy o ddail gwyrdd,'

meddai, 'ond yn y cyfamser, mae gen i'r union beth i ti.' Estynnodd am un o'r degau o lestri pridd roedd hi'n eu cadw yn ei chornel.

'Dyma ni, rown ni chydig o hwn drostyn nhw,' meddai, gan boeri ar ei bys ac yna'i roi i mewn i ryw fath o eli gwyrdd a digon drewllyd oedd yn un o'r potiau.

'Wooo! Beth yw e?' gofynnodd Rhys.

'Eli arbennig, ty'd yma, y babi!' meddai gan gydio'n dynn yn ei fraich a'i dynnu tuag ati.

'Ond ry'ch chi wedi poeri ar eich . . .' Er gwaetha'i brotestiadau, roedd hi wedi taenu'r eli'n drwch dros ei blorod o fewn dim.

'Ych! Mae'n *stinkan*!' meddai Rhys.

'*Stinkan*? Nefi, mae gen ti ryw iaith od o hyd. Drewi ti'n feddwl, ia?' gwenodd Dorti. 'Wel, fel mae'n digwydd, mae 'na lawer o'r hen feddyginiaethau 'ma ag ogla arnyn nhw, ond dim ond dros dro. Mi ro i fwy arnat ti heno, ac mi gewch chi drio fory – yr eirin bach oren sy'n tyfu ar goed rhosod. Mi ddylai fod 'na chydig ar ôl – i mi gael gwneud diod felys, llawn maeth efo nhw. Mi neith les i ni gyd i yfed peth o hwnnw bob dydd, a deud y gwir. Mi fyddai Lowri'n ei wneud o bob blwyddyn yn ddi-ffael, tan eleni . . .' meddai'n drist. 'A dwi'm wedi bod ddigon yn fy mhethau tan yn ddiweddar . . . Felly, digon o ddiod eirin meirch a dail tafol ac ati, ac os rhoi di'r eli yma ar dy wyneb ddydd a nos am wythnos, mi fydd dy blorod yn sychu ac yn gwella, gei di weld.'

'Wir? Ac os byddan nhw'n waeth?' protestiodd Rhys. 'Beth wedyn? Chi wedi rhoi unrhyw *germs* oedd yn eich ceg chi arnyn nhw!'

'O, taw â dy lol,' meddai Dorti. 'Wnaeth chydig o faw ddim drwg i neb. Heblaw pan fyddai'r hen feddygon yn rhoi tail gwartheg ar glwyfau, wrth gwrs. Roedd hynny'n hurt. Diolcha mod i'n gwybod yn well na hynny!' Chwarddodd iddi ei hun wrth roi'r pot pridd i gadw. 'Dwi'n gwybod cryn dipyn, 'sti, mwy nad ydech chi'n ei feddwl . . . o, yndw. Pan gollais i'r trydydd gŵr . . .'

'Trydydd gŵr?' meddai Mari'n syn.

'Ie, cofia,' chwarddodd Dorti. 'Dwi wedi bod yn briod deirgwaith. Mi gafodd y gŵr cynta ei grogi am ddwyn defaid, yr ail ei ladd mewn sgarmes mewn tafarn yn ffair y Bala, ac mi ddaliodd y trydydd y frech wen pan aeth o i'r Amwythig.'

'Y frech wen?' meddai Mari.

'*Smallpox*, dwi'n credu,' meddai Rhys. 'Yr un sy'n gadael creithiau ofnadw, ie?' gofynnodd i Dorti.

'Dyna ti. Mae'r aflwydd peth wedi lladd miloedd dros y blynyddoedd. A dyna ydy'r creithiau sydd gen i ar fy moch fan hyn, ylwch,' meddai gan bwyntio at y marciau dyfnion ar ei hwyneb. 'Do, ges i o hefyd, ond laddodd o mohona i. Mae'n cymryd mwy na hynna i gael gwared ar Dorti!'

'Ydy'r frech wen yn dal o gwmpas?' holodd Rhys yn araf. Nodiodd Dorti ei phen.

'Felly byddai'n ddigon hawdd i Mari neu fi ei dala?' Nodiodd Dorti eto, ac edrychodd Rhys a Mari ar ei gilydd mewn braw.

'Sdim *antibiotics* na *penicillin* gyda nhw . . .' sibrydodd Rhys. 'Bydden ni'n *stuffed*!'

'Peidiwch chi â phoeni,' gwenodd Dorti. 'Mi fyddwch chi'n iawn, ac mi gaiff eich rhieni weld eich wynebau bach del chi eto, heb unrhyw ôl o'r frech wen.'

'Gawn nhw? Sut gwyddoch chi?' holodd Mari'n syth.

'Rhyw deimlad sy gen i, dyna i gyd,' meddai'r hen wraig â gwên.

'Dorti . . .' meddai Rhys yn ofalus, 'ife rhyw fath o wrach y'ch chi?'

'Gwrach?' chwarddodd Dorti, â chwerthiniad main, uchel a hynod wrach-aidd. 'Wel, dyna mae rhai'n ei gredu. Ond dim ond hen wraig sydd wedi dysgu ambell dric dros y blynyddoedd ydw i – fel sut i wella ambell salwch neu anhwylder.'

'Ond fe welsoch chi beth oedd yn digwydd ar y Collfryn y noson honno . . .'

'Do. Yn anffodus. Felly ydw, dwi'n gweld pethe weithie . . .'

'Ond allwch chi ddim gwneud *magic spells* na dim byd fel'ny?'

Trodd Dorti at Mari mewn penbleth.

'Be mae o'n feddwl, dwed?'

'Swynion, swynion hud,' eglurodd Mari.

'O . . . swynion,' gwenodd Dorti. 'Dach chi'n dal i gredu mewn hud a lledrith yn eich oes chi, felly?'

'Wel, na'dyn,' meddai Rhys. 'Ond . . . ond sai'n gwybod sut arall i egluro sut y daethon ni 'ma. Y cleddyf 'na oedd yn gyfrifol, dwi'n siŵr o hynny!'

'Siarad am gleddyf fy nhad wyt ti?' meddai Wil Coed, oedd newydd ddod i mewn ar frys efo criw o'r dynion.

'Ie. Oes rhywbeth hudol amdano fe?'

'Roedd fy nhad yn credu hynny,' meddai Wil, wrth helpu ei hun i ddiod o fedd o'r dwsinau o boteli oedd mewn cist wrth geg yr ogof, 'a'i dad o cyn hynny. Mae wedi bod yn y teulu ers cenedlaethau, ac mae'n debyg na chafodd unrhyw un o'i berchnogion ei ladd â'r cleddyf hwnnw yn ei law. Anrheg oedd o, gan un o'r hen dywysogion i un o nghyn-deidiau i, am achub ei fywyd mewn brwydr fawr ar ros y Gwanas wrth droed Bwlch yr Oerddrws.'

'Mae peth o'r hanes yn yr hen gerddi,' meddai Ieuan Brydydd Byr, 'Englynion y Beddau, sy'n dweud bod beddau Gwrgi a Llawr yno, nid bod neb yn cofio pwy oedd y rheiny bellach. Ond nid bywyd un o'r rheiny gafodd ei achub felly, yn amlwg!' chwarddodd. Ond doedd Wil Coed na Rhys na Mari'n chwerthin. 'Iawn, mae'n ddrwg gen i darfu arnoch chi. Mi wna i gau ngheg . . .' meddai Ieuan a throi i geisio perswadio Lowri i roi tamed i'w fwyta iddo cyn pawb arall.

Trodd Rhys a Mari yn ôl at Wil.

'Sut aeth y cleddyf ar goll felly?' gofynnodd Rhys.

'Roedd fy nhad wedi teithio i Lanidloes ar gyfer cyfarfod pwysig, ond roedd y pla gwyn yn drwch yno, ac roedd o ar ei ffordd adre pan gafodd ei daro'n wael. Roedd ei ddynion wedi'i roi i orffwys wrth goeden ar ben y bwlch a charlamu i ffwrdd i chwilio am fam Lowri fan hyn. Ond pan ddaethon nhw 'nôl, roedd fy nhad – a'r hogyn oedd wedi'i adael i ofalu amdano – yn gelain, a'r cleddyf wedi diflannu.' Aeth pawb yn dawel am rai eiliadau. Yfodd Wil y medd ar ei dalcen.

'Ond doedd yr hud yn dda i ddim noswyl Nadolig . . .' meddai Rhys.

Trodd Wil i edrych arno a'i lygaid yn fflachio.

'Wel . . . sori os yw hynny'n swnio'n . . . wel, yn amharchus,' meddai Rhys. 'Ond os yw'n amhosib lladd pwy bynnag sy'n ymladd â'r cleddyf hwnnw, pam na fyddech chi wedi'i ddefnyddio ar ddynion y Barwn?'

Rhwbiodd Wil ei dalcen fel petai ganddo gur pen cyn ateb.

'Am mod i wedi'i guddio'n ofalus, a doedd dim amser i fynd i'w nôl,' eglurodd yn frysiog. 'Ond diolch am f'atgoffa y dylwn i fod wedi gwneud rhywbeth. Tydw i ddim wedi bod yn meddwl a meddwl am hynny bob nos yn ddi-ffael, wrth gwrs . . .'

'Wil, paid! Doedd dim bai arnat ti,' meddai Siôn Wyllt.

'Ble mae'r cleddyf rŵan 'ta?' gofynnodd John Goch, oedd wedi bod yn gwrando ar hyn i gyd yn astud.

'Hidia di befo,' meddai Lowri, 'nid ti ydy'r perchennog, naci? A dim ond i'r perchennog mae'r hud yn gweithio, yn de, Wil?'

'Dyna'r sôn.'

'Ond nid Wil ydy'r perchennog chwaith,' meddai Dorti, gan achosi i bawb droi i syllu'n syn arni am ddweud y fath beth. 'Mae'n wir, yn tydy, Wil?

Roddodd dy dad mohono i ti, naddo? Felly sut fedri di ddeud mai ti sy pia fo?'

'Nefi, rydach chi'n deud pethe gwirion weithie, Dorti,' meddai Morris Goch.

'Na, mae hi'n iawn,' meddai Wil. 'Dwi ddim yn hollol siŵr pwy ydy'r perchennog rŵan, nac a fydd yr hud yn gweithio i mi – neu i unrhyw un ohonoch chi.'

'Rhys a Mari ddaeth o hyd iddo fo . . .' meddai John Goch. A throdd pawb fel un i syllu ar y ddau – am hir.

'Ym, sai'n rili moyn e,' meddai Rhys.

'Na fi, fyswn i'm yn gwbod be i neud efo fo,' meddai Mari'n frysiog. 'Gadewch o lle mae o am rŵan. Dyna fysa galla.'

'Dwi ddim mor siŵr,' meddai Dorti. 'Fe ddaw'r Barwn Owen ar ein holau ni eto, pan fydd gynno fo rywbeth i'w brofi. Ac o'r hyn glywais i, mae o wedi llwyddo i bechu yn erbyn ambell ffarmwr lleol yn ddiweddar. Wedi bachu tir pori Abaty Cymer iddo fo'i hun, glywais i . . .'

'Dydy o'n sicr ddim mor boblogaidd ag oedd o,' meddai Elis Nannau. 'Ac mi glywais i fod sawl un yn flin iawn efo fo am grogi'n pobol ni heb lys barn o unrhyw fath.'

'A phwy yn ei iawn bwyll fyddai'n gallu ei ganmol am ladd hogyn bach ifanc?' meddai Lowri.

'Ydach chi'n awgrymu bod yr amser wedi dod i ddial arno fo?' gofynnodd Wil yn dawel. Trodd pawb i edrych ar ei gilydd.

'Wel . . . rydan ni wedi cryfhau eto, yn do?' meddai Morris Goch. 'Ac mae 'na gryn dipyn o ddynion yr ardal wedi rhoi gwybod i mi y bydden nhw'n fwy na hapus i'n cefnogi ni.'

'Does gan y Nannau fawr o gariad ato fo,' meddai Elis.

'Ac mi glywais i ei fod o wedi gwylltio Cors y Gedol hefyd,' meddai Ieuan Brydydd Byr. 'Mynnu cefnogi Brenin Lloegr mae o, yn de – yn cytuno y dylai pob dim swyddogol gael ei wneud yn yr iaith Saesneg o hyn ymlaen!'

'A chefnogi'r gyfraith newydd, hurt yma y dylai popeth fynd i'r mab hynaf pan fydd y tad yn marw, yn hytrach na'n hen ffordd ni o rannu'r cyfan yn deg rhwng y meibion i gyd!' meddai Morris Goch. 'Nid fod gan yr un ohonon ni dir i'w adael i neb . . .'

'Ond yr egwyddor sy'n bwysig!' meddai Elis. 'Llyfu tin y Saeson mae o er mwyn ennill ffafrau a mwy o dir iddo fo'i hun!'

'Dyna pam fod Nannau'n flin . . .' meddai Wil gan grafu ei farf yn araf.

'Dwi'n deud wrthach chi . . . mae'r amser i ddial ar ddod!' gwaeddodd Elis. 'A laddo – a leddir!'

Cododd y dynion eraill eu dyrnau yn yr awyr a dechrau gweiddi a chymeradwyo'n swnllyd: 'Dial!' 'Dial!' 'Lladd y slywen, Lewis Owen!'

'Na!' gwaeddodd Rhys. Yna, pan drodd pawb i rythu arno, 'Na, peidiwch,' meddai eto, yn dawelach.

'Na, peidiwch â dial?' meddai Wil Coed gyda diddordeb.

'Ie,' meddai Rhys gan droi i edrych yn llygaid Mari. 'Un peth ry'n ni'n dau'n ei gofio'n sicr . . . yw fod y Barwn yn cael ei ladd – y flwyddyn hon, 1555. Gan y Gwylliaid.'

'Ieeee!' gwaeddodd bron pob un o'r criw.

'Na – gwrandewch!' gwaeddodd Mari. 'Y peth ydy . . . ar ôl i chi ei ladd o, mae'r awdurdodau'n troi arnoch chi o ddifri!'

'A dyna ni, dyna fydd diwedd y Gwylliaid,' meddai Rhys. 'Fydd dim sôn amdanoch chi wedi hynny.'

Roedd y tawelwch yn yr ogof yn fyddarol.

'Be? Fyddan nhw'n ein lladd ni i gyd, bob un?' gofynnodd John Goch.

'Sai'n cofio'r manylion, dim ond mai dyna fydd eich diwedd chi,' meddai Rhys yn llipa.

'Ond bydd, mi fydd y rhai fydd yn lladd y Barwn yn cael eu dal!' meddai Mari. 'Ac os cofia i'n iawn, yn mynd i'r llys, ac yn cael eu crogi . . .'

'Felly . . . rydach chi'n deud wrthon ni i beidio â'i ladd,' gofynnodd Siôn Wyllt, 'i newid ein hanes ni?'

'Ym . . . wel, ydyn,' meddai Rhys.

'Ond arhoswch chi funud,' meddai Dorti. 'Os ydy o wedi digwydd yn eich oes chi, mae o'n *mynd* i ddigwydd yn ein hoes ni, a does 'na ddim byd fedrwn ni ei wneud i'w rwystro fo rhag digwydd, nag oes?'

'Ym . . . sai'n siŵr. Mae gallu newid cwrs y byd yn digwydd mewn ffilmiau o hyd . . . on'd yw e?' meddai Rhys, gan edrych ar Mari.

'Ond dydy ffilmiau ddim yn fywyd go iawn, nac'dyn,' meddai Mari.

'Ffilmiau?' meddai Dorti gan godi ei haeliau.

'O, sori . . . ym . . . storis – mewn lluniau,' meddai Rhys.

'Ac mae 'na wahaniaeth mawr rhwng storis dychymygol a bywyd go iawn,' meddai Mari.

Pendronodd Dorti am ychydig, ac yna cododd ar ei thraed.

'Mae gen i ryw feddyliau dwi am eu rhannu,' meddai mewn llais oedd yn dawel ond eto'n glir i bob un yn yr ogof hir, dywyll. 'Waeth i ni heb, gyfeillion. Dwi wedi meddwl am hyn ers tro, a dwi wedi sylweddoli nad oes modd newid ffawd. Mae'r hyn sydd i ddod, i ddod, a dyna ni.'

Nodiodd pawb eu pennau, yn amlwg yn cytuno â hi.

'Ond arhoswch funud,' meddai Rhys. 'Pam fod Mari a fi wedi dod yma, wedi teithio drwy amser, 'te? Mae'n *rhaid* bod rheswm.'

Sylwodd Mari fod Wil Coed yn ei wylio'n ofalus, ond yn dweud dim. Dim ond syllu arno'n fud wnaeth y Gwylliaid eraill hefyd, a dim ond codi ei hysgwyddau wnaeth Dorti.

'Efallai ein bod ni jest yn y lle anghywir ar yr adeg anghywir,' meddai Mari'n drist. 'A chawn ni fyth fynd adre i'n hamser ni . . . a fyddwn ni jest yn ddau enw arall ar y rhestr o bobol sydd wedi mynd ar goll, dau blentyn fydd byth yn cael eu darganfod eto.'

Edrychodd Rhys arni mewn braw.

'Plîs, paid â siarad fel'na, Mari,' meddai. 'Ti'n codi ofn arna i.'

'Dwi newydd feddwl,' meddai Morris Goch yn araf. 'Dwi'n siŵr y byddai gan y Barwn ddiddordeb yn y ddau yma . . . dau sy'n gallu deud wrtho fo am y byd sydd i ddod. Efallai y byddai o'n fodlon ffeirio efo ni?'

'Ffeirio?' meddai Rhys.

'Ni'n eich rhoi chi iddo fo, ar yr amod ei fod o'n gadael llonydd i ni – ac yn rhoi chydig o wartheg a defaid a sacheidiau o geirch i ni i selio'r fargen.'

'Ein gwerthu ni, dach chi'n feddwl?' meddai Mari. 'Ond . . . ond . . . allwch chi ddim!'

'Ond mi fyddech chi'n cael byw mewn tŷ wedyn, efo gwelyau go iawn. Mi fyddai hynny'n well na'r hen ogof oer yma, yn byddai?' awgrymodd Morris.

'Na,' meddai Wil Coed. 'Dwi'n meddwl mai eu rhoi nhw yn y carchar fyddai Lewis Owen. Mae'n credu mai celwyddgwn ydan ni i gyd, yn tydy. Ac mi fydd yn credu mai rhyw stori gwbl hurt i geisio gwneud ffŵl ohono fo fydd hanes y ddau yma – yn enwedig am fod ganddyn nhw wallt coch.'

'O ia, wnes i'm meddwl am hynny. Wel, dim ond syniad oedd o,' meddai Morris Goch.

Syniad twp, meddyliodd Rhys a Mari.

'Wel, gan ein bod ni'n mynd i ladd y Barwn, gwell i ni ddechrau penderfynu sut rydan ni'n mynd i wneud hynny,' meddai Wil Coed. 'Dydach chi'm yn digwydd cofio sut wnaethon ni, debyg?' gofynnodd i Rhys a Mari. Ysgydwodd y ddau eu pennau, yn dal mewn sioc ar ôl clywed syniad Morris Goch. Yna cofiodd Mari'n sydyn:

'Dwi'n meddwl mod i'n cofio lle mae'n digwydd.

Wrth ymyl Dinas – naci – Mallwyd! Ia, dwi bron yn siŵr fod Dad wedi sôn am y peth yn y car wrth i ni fynd i weld Nain yn Ysbyty Gobowen. Roedd y Barwn ar ei ffordd yn ôl o rywle . . . priodas dwi'n meddwl.'

'Priodas, ie?' gwenodd Siôn Wyllt. 'Priodas go bwysig felly, achos mae gan y babi ormod o ofn croesi'r bwlch ers misoedd. Ofn i ni ymosod arno fo!'

'Iawn, pawb i gadw'u clustiau'n lân ar gyfer unrhyw sôn am briodas byddigion o hyn ymlaen,' meddai Wil. 'Ac os ydy o'n wir fod pobol Nannau a Chors y Gedol a byddigion tebyg yn flin efo fo, mae fan'no'n lle da i gychwyn.' Yna trodd at Rhys a Mari. 'Dyna ni, ylwch. Dyna pam eich bod chi yma – er mwyn ein helpu i ladd y Barwn! Fydden ni'n gwybod dim am unrhyw briodas oni bai amdanoch chi!'

Edrychodd Rhys a Mari arno'n fud, ac yna ar ei gilydd.

'Ond trio deud wrthach chi am beidio ydan ni!' protestiodd Mari.

'A thrwy hynny, yn rhoi i ni'r wybodaeth roedden ni ei hangen! Diolch o galon i chi,' chwarddodd Wil Coed, gan fynd i ymuno â'r dynion eraill oedd wrthi'n cynllwynio dros ambell botel o fedd.

'O, *beam me up*, Scotty,' ochneidiodd Rhys, cyn troi at Dorti, a gofyn yn dawel:

'Wnaethoch chi mo fy ateb i'n iawn gynne fach. Ydych chi'n wrach neu beidio?'

Gwenodd yr hen wraig arno.

'Wyt ti eisie i mi fod yn wrach, Rhys?'

'Ydw!'

'A pha swyn fyddet ti'n ei ddymuno tybed?'

'I Mari a fi gael mynd adre, cyn ei bod hi'n rhy hwyr! Dyw pethau ddim yn mynd i fod yn neis iawn yma os laddan nhw'r Barwn!'

'Wel, mi wna i ngore,' meddai Dorti gyda gwên fach slei, 'ond dwi'n hen, ac mae'r cymalau 'ma'n bynafyd* heno. Dwi angen noswylio rŵan. Mi drafodwn ni hyn rywdro eto.'

'Ond!'

'Nos da.' Ac o fewn dim, roedd yr hen wraig yn chwyrnu cysgu.

* gair arall am 'frifo/anafu'

Pennod 10

Trodd y gwanwyn yn haf, a hwnnw'n un hir, cynnes, ac un diwrnod chwilboeth, penderfynodd Mari a Rhys fynd i nofio yn yr afon. Roedden nhw'n ysu am gael molchi'n iawn, ac roedd Rhys yn eitha siŵr fod chwain wedi bod yn ei frathu ers wythnosau.

'Mi fydd yn gyfle i ni olchi'n dillad "normal" yn iawn hefyd,' meddai Mari, 'nid mod i am wisgo dillad gaeaf eto am sbel. Dwi'n chwysu digon fel y mae hi!'

Roedd y ddau wedi bod yn gwisgo dillad fel rhai'r Gwylliaid ers misoedd, ac wedi gorfod arfer â gwisgo'r rheiny am ddyddiau ar y tro, wythnosau weithiau, pan nad oedd y tywydd wedi caniatáu iddyn nhw eu golchi yn yr afon a'u sychu ar ganghennau'r coed. Bryd hynny, byddai pawb yn crafu'n ofnadwy, yn enwedig yn ystod y nos, a doedd neb yn arogli'n hyfryd iawn chwaith.

'Meddylia mor braf fyddai gallu gwisgo dillad newydd, glân,' meddai Mari. 'Wnes i rioed sylwi pa mor lwcus o'n i adre, a Mam yn gofalu bod gen i ddillad glân bob dydd, wedi'u smwddio a phopeth.'

'Ie, a dillad glân ar y gwely – gwely i gyd i mi fy hun! Heb fflipin chwain!' ochneidiodd Rhys. 'Dere, o leia fyddwn ni'n teimlo'n lân ar ôl nofio.'

'Ti'n meddwl y byddai'r lleill yn licio dod hefyd? Mi wna i ofyn iddyn nhw,' meddai Mari, gan fynd at y plant oedd yn chwarae gyda rhai o'r cŵn bach coch roedd y Gwylliaid wedi penderfynu eu cadw, yn hytrach na'u boddi.

'Ond 'dan ni'm yn gallu nofio,' meddai Hanna.

'Does 'na neb o'r Gwylliaid yn gallu nofio,' meddai Guto Goch. 'O leia, dwi'm yn meddwl eu bod nhw.'

'Rydan ni i fod i gadw draw o'r afon,' meddai Hanna. 'Y pyllau dwfn o leia, achos mae ysbrydion drwg y dŵr yn gwneud i bobol foddi ynddyn nhw. Mi nath chwaer Guto foddi, yn do, Guto?'

'Do, ac mae gen i ofn dŵr rŵan. Ofn i'r ysbrydion drwg fy nhynnu inne i lawr hefyd.'

'O, wel, mae'n wir ddrwg gen i am dy chwaer di, Guto,' meddai Mari. 'Ond wir i chi, does dim angen i chi ofni unrhyw ysbrydion drwg. Mae Rhys a fi'n nofio ers blynyddoedd, a welson ni rioed 'run ysbryd drwg, naddo Rhys?'

'Naddo,' cytunodd Rhys, 'dim ond ambell *pool assistant* stropi falle. Ond na,' ychwanegodd yn frysiog, o ddal llygaid Mari, 'dim ysbrydion drwg, rioed.' Doedd o ddim am gyfadde nad oedd erioed wedi nofio mewn unrhyw afon, dim ond mewn pyllau nofio pwrpasol, wedi eu cynhesu i 27 °C o leiaf.

'Ac os gwnawn ni dy ddysgu di – a'r lleill – i nofio,' aeth Mari yn ei blaen, 'wnewch chi ddim boddi, na wnewch?'

Edrychodd y plant yn ansicr ar ei gilydd.

'Ac mae nofio'n hwyl . . .' meddai Rhys. A dyna ni, roedd y plant am ddod gyda nhw.

Swnllyd fu'r gwersi nofio, ac roedd angen amynedd Job i gadw trefn ar bawb, a sicrhau ambell riant nad oedd ysbrydion drwg y dŵr yn mynd i afael yn eu plant. Ond ar ôl wythnos o dywydd poeth, roedd y plant bach i gyd yn dechrau nofio'n ddigon taclus, ac ambell un fel pysgodyn! Gwylio Guto Goch yn plymio i mewn i un o'r pyllau dwfn, a hynny heb ofn yn y byd, roedden nhw pan sylwodd Mari fod John Goch yn eu gwylio o gangen coeden.

'Wyt ti'n meddwl ei fod o'n gallu nofio?' sibrydodd wrth Rhys.

'Sai'n credu. Ond dwi'n eitha siŵr y bydde fe'n hoffi dysgu . . . Hei, John!' gwaeddodd. 'Ti'n moyn ymuno 'da ni?'

'Dim diolch,' gwaeddodd John yn ôl.

'O, dere! Bydd e'n hwyl!'

'Os oedd pobol i fod i fedru nofio, mi fysen ni wedi cael ein geni efo cynffonnau fel pysgod,' atebodd John, gan neidio o'r gangen a throi i gyfeiriad yr ogof.

'Sdim ofn arnat ti, oes e?' galwodd Rhys. Dim ateb. Ond roedd John Goch wedi sefyll yn stond.

'O, Rhys! Ddylat ti ddim fod wedi deud hynna,' mwmiodd Mari. Gwyliodd y ddau gefn John Goch yn sythu, ac yna'i gorff yn troi'n araf i'w hwynebu.

'Dwed hynna eto,' meddai, a'r bygythiad yn amlwg yn ei lais.

'Ym . . .' meddai Rhys, gan roi edrychiad sydyn ar Mari. Roedd y panig yn amlwg ar ei wyneb, ond dim ond codi ei hysgwyddau wnaeth hithau. Nid hi oedd wedi agor ei cheg fawr. 'Ym . . . do'n i ddim yn . . . yn awgrymu dim,' galwodd Rhys yn ofalus. 'Sda ti ddim ofn unrhyw beth, dwi'n gwybod hynny! Ond ti wedi dysgu cymaint i ni, dyma'n cyfle *ni* nawr i ddysgu rhywbeth i *ti* . . . os ti'n moyn, hynny yw.'

Symudodd John Goch yr un gewyn, dim ond dal

i rythu ar Rhys. Yna trodd ei lygaid i edrych ar y plant yn nofio fel pysgod – wel, pysgod mawr, blêr – yn yr afon. Roedden nhw'n dal i chwerthin yn braf, heb sylwi ar y tensiwn uwch eu pennau.

'Mi fyddi di'n dysgu mewn chwinciad, John,' meddai Mari. 'A meddylia pa mor ddefnyddiol fydd gallu nofio . . .'

Roedd ysgwyddau John Goch yn sicr wedi ymlacio fymryn. Oedodd, yn amlwg yn dal i bendroni. Yna camodd ymlaen . . .

DOEDD JOHN ddim yn hapus yn y dŵr. Doedd o ddim yn hapus fod Rhys yn dweud wrtho be i'w wneud chwaith, felly bu'n rhaid i Mari gymryd drosodd – er mai merch oedd hi. Roedd o'n eitha hapus yn dal ei afael ar wreiddyn coeden oedd yn tyfu ar lan yr afon er mwyn ymarfer cicio. Roedd o'n weddol hapus yn cicio'i ffordd ar draws yr afon gan ddefnyddio darn o goedyn fel fflôt o'i flaen hefyd. Ond roedd o'n casáu rhoi ei ben dan y dŵr i chwythu swigod.

'Dal ati i'w wneud o nes wyt ti'n teimlo'n gyfforddus,' meddai Mari.

'Fydda i byth yn teimlo'n gyfforddus os dwi'n methu anadlu!' pesychodd John yn ôl.

'Dwyt ti'm i fod i anadlu dan ddŵr, siŵr! Dim ond teimlo'n hapus yn dal dy wynt,' meddai Mari'n amyneddgar. 'A tria agor dy lygaid hefyd.'

'Ond eith y dŵr i mewn iddyn nhw! Ac i mewn i mhen i!'

'Na wneith . . .' meddai Mari gan wneud ei gorau i beidio â gwenu gormod. 'Mi neith dy lygaid ddod i arfer, a dwi'n addo i ti, eith yr un dropyn i mewn i dy ben di drwy dy lygaid.'

Cododd John ei ben eto gan besychu a gweiddi mwy.

'Ond mi eith i mewn drwy dy drwyn a dy geg os na chadwi di dy geg ar gau,' meddai hi'n rhyfeddol o amyneddgar, gan obeithio bod John yn methu gweld Rhys yn piffian chwerthin yr ochr arall i'r afon.

'O, chwarae babis ydy hyn. Ti'n dda i ddim am fy nysgu i a dwi wedi cael llond bol,' meddai John. 'A dwi bron â fferru.'

'Iawn,' meddai Mari'n glên. 'Ty'd allan i gynhesu yn yr haul a gei di roi cynnig arni eto nes mlaen. Wedi'r cwbl, yn ara deg mae dal iâr . . .'

'Ti'n haeddu medal am dy amynedd,' sibrydodd Rhys yn ei chlust wrth basio. 'Fydden i wedi gadael iddo fe foddi.'

Roedd Mari wedi ofni y byddai John yn rhoi'r

ffidil yn y to, ond fe ddaeth yn ei ôl drannoeth. Ac ar ôl pnawn arall o roi ei ben dan y dŵr ac yna sefyll at ei ganol yn y dŵr a cheisio 'nofio' at y lan, ychydig pellach bob tro, roedd o'n gallu nofio pedair llath heb suddo.

'Gwych, John!' meddai Mari. 'A fory, mi fyddi di'n gallu nofio reit ar draws, o lan i lan!' Roedd hi'n iawn – ar y pedwerydd cynnig, llwyddodd John i nofio ar draws y pwll yn gymharol ddidrafferth.

'Iawn, ti'n barod i fynd gyda ni i'r pwll dwfn?' gofynnodd Rhys. Nodiodd John ei ben. Os oedd plant bach fel Guto a Hanna'n gallu nofio mewn dŵr oedd ymhell dros eu pennau, heb boeni dim am yr ysbrydion drwg, fe allai yntau hefyd. Ond pan oedd o hanner ffordd ar draws y pwll, teimlodd rywbeth yn cyffwrdd â'i ffêr ac aeth i banig llwyr a dechrau llyncu dŵr a gweiddi a suddo. Roedd Mari wedi bod yn nofio ychydig o'i flaen ac aeth ato'n syth, ond roedd John mewn cymaint o banig fel y crafangodd amdani a cheisio dringo drosti nes bod Mari'n hanner boddi hefyd.

Neidiodd Rhys i mewn i'r dŵr yn syth a nofio'n gryf ac yn gyflym tuag atyn nhw. Gafaelodd yn John a rhoi slap iddo ar draws ei wyneb, nes bod hwnnw'n syllu arno mewn sioc am eiliad, ond roedd eiliad yn ddigon i Mari ddianc o'i afael gan besychu a chyfogi. Yna cydiodd Rhys yn ysgwyddau John a'i dynnu'n gryf at y lan.

Ar ôl cyfogi am rai munudau, trodd John at Rhys.

'Roist ti walden i mi.'

'Do.'

'A finne'n boddi.'

'Do, ond roeddet ti'n boddi Mari, felly roedd raid i fi wneud rhywbeth. Paid â phoeni, dyna ges i nysgu yn fy ngwersi achub bywyd. Felly, doedd e ddim yn rhywbeth personol. Bydden i wedi rhoi slap i unrhyw un dan yr un amgylchiadau.'

Trodd John at Mari.

'O'n i'n dy foddi di?'

'Wel . . . oeddet, braidd.'

Syllodd John arni'n ddwys am amser hir, yna meddai:

'Mae'n ddrwg gen i, Mari.' Yna trodd at Rhys a dal ei law allan iddo. Ar ôl cymryd hanner eiliad i ddeall ystyr hynny, estynnodd Rhys ei law yntau, ac ysgydwodd y ddau ddwylo'i gilydd.

'Hwyrach dy fod ti'n anobeithiol am hela, a wna i fyth ddallt pam dy fod ti'n gwrthod bwyta cig,' meddai John, 'ac mae'n rhaid i mi gyfadde mod i wedi penderfynu mai hanner dyn oeddet ti. Ond dwi'n gweld rŵan mai hanner dyn, hanner pysgodyn wyt ti. A . . .' Edrychodd i lawr ar ei draed, yn amlwg yn anghyfforddus. 'A . . . diolch am achub fy mywyd i.'

'Croeso. Unrhyw amser!' gwenodd Rhys. 'A diolch am ddiolch i mi!'

'Hwyrach ga i gyfle i dalu'r pwyth yn ôl rywdro,' meddai John.

'Ie. Bosib.'

Gwenodd Mari. Roedd 'na densiwn wedi bod o dan yr wyneb rhwng y ddau ers y dechrau, ac roedd hi'n gobeithio i'r nefoedd mai dyma ddiwedd hynny.

'Iawn, a dyna pawb yn hapus ac yn llon,' meddai. 'Ond John . . . dwi'n meddwl y dylet ti roi cynnig arall arni rŵan.'

'Be? Nofio ar draws fan'na eto – ar ôl i mi bron â . . .'

'Ia. Dyna maen nhw'n ddeud os wyt ti'n cael codwm oddi ar geffyl, yn de? Mai'r peth gorau ydy dringo 'nôl ar ei gefn yn syth. Felly, i'r dŵr 'na os gweli di'n dda . . . achos ti'm isio bod ag ofn dŵr, nag wyt?'

O glywed y gair 'ofn', roedd John Goch wedi sythu. Camodd i mewn i'r dŵr, a nofio ar draws y pwll – ac yn ôl – heb unrhyw drafferth yn y byd.

Ar y ffordd adref, roedd hi'n anodd dweud gan bwy roedd y wên letaf.

Pennod 11

Erbyn dechrau mis Medi, roedd y rhan fwya o'r Gwylliaid wedi cael gwersi nofio. Ond doedd Dorti ddim wedi cael gweledigaeth ynglŷn â'r cleddyf na sut i gael Rhys a Mari i fynd adref, a doedd dim sôn am wahoddiad priodas i'r Barwn Owen chwaith.

'Felly dwi wedi penderfynu bod angen priodas arnon ni beth bynnag,' cyhoeddodd Elis ap Tudur un noson. 'Dwi wedi gofyn i Catrin fy mhriodi, ac mae hi wedi cytuno!'

Roedd pawb wedi gwirioni ac yn llongyfarch y ddau yn wresog yn syth.

'Do'n i ddim wedi sylwi ar unrhyw fflyrtan,' meddai Rhys wrth Mari.

'O, mi ro'n i,' gwenodd Mari. 'Dydach chi, fechgyn, jest ddim yn sylwi ar bethau fel'na, nac ydach.'

'Dwi'n cymryd na fydd y Barwn yn cael gwahoddiad gen ti, Elis!' chwarddodd Siôn Wyllt.

Bythefnos yn ddiweddarach, cafwyd priodas fach syml mewn llannerch fwsoglyd yn y coed, a Catrin yn edrych yn bictiwr gyda blodau gwyllt yn ei gwallt. Edrychai Elis fel bonheddwr, gyda phluen paun yn ei gap a chrys sidan oedd wedi ei ddwyn oddi ar ryw deithiwr anffodus flwyddyn ynghynt.

'A dwi wedi bod yn ei gadw'n arbennig ar gyfer heddiw!' gwenodd Elis. 'Fel y fodrwy hon. Rhoddodd fy mam hi i mi cyn iddi farw, a dwi'n gwybod y byddai hi wedi dy garu di gymaint â fi, Catrin. Ond na, be dwi'n rwdlan? Allai neb dy garu di gymaint â fi!' Roedd bochau Catrin yr un lliw â'r grug yn ei gwallt wrth iddo roi'r fodrwy ar ei bys.

Ar ôl y gwasanaeth syml, bu Ieuan Brydydd Byr yn canu'r delyn i bawb gael dawnsio. Ond pan gafodd hoe i lenwi ei fol â pheth o'r cig oen oedd wedi bod yn rhostio dros y tân drwy'r bore, cododd Ieuan ar ei draed yn sydyn a phesychu'n uchel i gael sylw pawb.

'Mae gen i gyhoeddiad i'w wneud,' meddai. 'Dwi'n hynod falch dros y pâr ifanc heddiw – llongyfarchiadau calonnog i chi, Elis a Catrin,' meddai gan godi ei gwpan i'w cyfeiriad. 'Ond dwi'n meddwl bod rhyw ramant yn yr awyr ers tro, wyddoch chi. Dyna fu fy hanes i beth bynnag. Aeth y teimladau rhamantus yn drech na mi yn y diwedd, a dyma'r awen yn fy nharo:

MAE MERCH HARDD I FARDD FEL FI:
MAE'N BRYD I MINNAU BRIODI!

'Felly bore 'ma, wel, yn gynnar iawn bore 'ma,' ychwanegodd â gwên, 'mi ofynnais i destun fy serch fy mhriodi. A brensiach y brain, mi gytunodd!'

Chwarddodd pawb gan edrych o'u cwmpas i weld pa ddynes oedd wedi dechrau gwrido. Dim ond newydd sylwi bod bochau Lowri'n fflamgoch yr oedd Mari, pan gyhoeddodd Ieuan:

'Felly, gan fod pawb yma'n barod, a digon o fwyd a diod i ni i gyd, waeth i ninne briodi heddiw, ddim! Lowri? Ddoi di ataf fi fan hyn, fy nghariad tlws i?'

Roedd Lowri'n biws erbyn hyn ac yn edrych fel petai hi eisiau lladd Ieuan, ond eto, roedd 'na sglein rhyfedd yn ei llygaid. Cododd yn swil i gyfeiliant cymeradwyo a bloeddio'r parti priodas.

'Nefoedd yr adar,' meddai John Goch dan ei wynt. 'Ro'n i wedi sylwi ei bod hi wedi bod yn canu mwy nag arfer yn ddiweddar, ond wnes i rioed freuddwydio . . . Ieuan Brydydd Byr!'

'Mae'n hen foi iawn,' gwenodd Mari.

'Ond dyw e ddim yn *oil painting*,' meddai Rhys.

'Yn be?' gofynnodd John Goch.

'Nid fe yw'r dyn mwya hardd a grëwyd rioed.'

'O. Nage. Ond doedd fy nhad ddim yn un golygus iawn chwaith, a deud y gwir. Mae'n syndod mod i mor olygus, erbyn meddwl . . .' gwenodd.

'Mi fyddai Siencyn wedi bod wrth ei fodd heddiw, ti'm yn meddwl?' gofynnodd Mari.

'Byddai. Roedd o'n cael tipyn o hwyl efo Ieuan,' cytunodd John, gan roi pesychiad bychan i glirio'i lwnc. 'Mae'n braf gweld Mam yn gwenu eto, rhaid i mi ddeud.' Yna trodd ei ben i gyfeiriad Wil Coed, oedd yn cael sgwrs ddwys gydag un o berthnasau Elis o'r Nannau. 'A be mae'r ddau yna'n ei drafod, sgwn i?' meddai'n dawel. 'Esgusodwch fi,' ychwanegodd, gan sleifio drwy'r dorf i gael bod yn agosach at y sgwrs.

Daeth yn ei ôl yn ddiweddarach.

'Mae 'na briodas arall ar y gweill,' meddai wrthyn nhw. 'Yn y Trallwng. A dyfalwch pwy sydd wedi cael gwahoddiad . . .'

'Y Barwn,' meddai'r ddau yn syth.

'John! Paid, paid â mynd efo nhw,' meddai Mari.

'Paid â phoeni amdana i, Mari,' gwenodd John Goch. Rhoddodd winc i'r ddau, a diflannu.

Edrychodd Rhys a Mari ar ei gilydd.

'Wnaiff o'm gwrando,' meddai Mari.

'Wnaiff yr un ohonyn nhw,' meddai Rhys. 'Maen nhw isie dial, a dyna ni. Dyw synnwyr cyffredin ddim yn dod iddi.'

'Nac'di. Ond mae 'na un peth da wedi dod o hyn i gyd, yn does,' meddai Mari.

'Beth?'

'Mae dy Gymraeg di wedi gwella. "Synnwyr cyffredin?" "Yn dod iddi?" Fydd dy dad di'n methu credu ei glustiau!' Ond yna sylwodd nad oedd Rhys yn gwenu. 'Sori,' meddai Mari, gan edrych ar ei sgidiau. 'Syniad twp oedd trio gwneud jôc sâl a ninnau'n siarad am fywydau pobol . . .'

'Ti'n cymryd yn ganiataol mod i'n mynd i'w weld e eto 'te?' gofynnodd Rhys ar ôl eiliad neu ddau.

'Pwy?'

'Dad.'

'O. Wel, yndw. Mae gen i ffydd yn Dorti. Does gen ti ddim?'

'Dyw hi ddim wedi gwneud dim eto, yw hi?'

'Aros am yr adeg iawn o bosib?'

'Wel, dwi'n credu bod cyn i'r rhain ladd y Barwn yn amser eitha da, fy hunan. Dere.'

Bu'r ddau'n chwilio am Dorti ym mhobman, ond doedd dim golwg ohoni ymysg y criw oedd yn dal i ddathlu'r ddwy briodas. Yn y diwedd, daethon nhw o hyd iddi yn ei gwely yn yr ogof.

'Dorti, be sy?' gofynnodd Mari. 'Wedi blino ydech chi?' Trodd yr hen wraig ei phen i geisio gwenu arni.

'Ia, rhywbeth felly . . .' Ond roedd ei llais yn gryg a'i hwyneb yr un lliw ag uwd.

'Chi'n dost, on'd y'ch chi?' meddai Rhys.

'Yn be? Dwi'm yn dallt . . .'

'Yn sâl!' meddai Rhys. 'Dy'ch chi ddim yn edrych yn dda iawn i fi, ta beth.'

'Nac'dw? O diar. Mi rydw i'n teimlo braidd yn wantan, rhaid i mi gyfadde.'

Rhoddodd Mari ei llaw ar dalcen gwelw'r hen wraig a throi i edrych ar Rhys. Ysgydwodd ei phen.

'Dorti,' meddai'n dyner, 'dydach chi ddim yn iawn o bell ffordd. Be fedra i ei neud i'ch helpu i wella? Rhyw ffisig sgynnoch chi yn y potiau yna?'

'Na, dim ond isio cysgu ydw i, 'sti . . . noson dda o gwsg.'

'Na, Dorti, dwi'n meddwl ei fod o'n fwy na hynny. Mae gynnoch chi wres ofnadwy.'

'Gwres? Na, dwi'n hen ddigon cynnes, mechan i,' meddai Dorti mewn llais bychan, a chau ei llygaid.

Edrychodd Rhys a Mari ar ei gilydd mewn braw.

'Af fi i chwilio am Lowri. Falle y bydd hi'n

gwybod beth i'w wneud,' meddai Rhys a brysio i ffwrdd.

'Plîs, peidiwch â'n gadael ni, Dorti,' sibrydodd Mari. 'Rydan ni'ch angen chi – rŵan, yn fwy na rioed.' Ond chlywodd yr hen wraig mohoni.

Pan welodd Lowri y lliw oedd ar ei chroen a theimlo'r gwres oedd arni, neidiodd ar ei thraed a dechrau ymbalfalu yn y potiau gan siarad yn wyllt â hi ei hun.

'Gwres . . . gorfod cael ei gwres i lawr . . . chydig o hwn . . . a hwn . . . naci, hwn . . . o, ty'd 'laen, Lowri, tria gofio! O, dwi wedi cael gormod o gwrw! Mae mhen i fel uwd! Mari! Cer i nôl Catrin! Mae Dorti wedi bod yn dysgu cryn dipyn iddi hi am y pethe 'ma.'

Roedd Catrin – er ei bod hithau wedi yfed mwy o gwrw nag arfer – yn gwybod beth i'w wneud yn syth. Gwyliodd y tri hi'n cymysgu gwahanol ddeiliach i wneud potes, ac yn taenu eli'n dyner dros dalcen a gwddw Dorti.

'Ydach chi'n meddwl y bydd hi'n iawn, Lowri?' gofynnodd Mari.

'Amser a ddengys, Mari fach . . .'

'Lowri?' meddai Rhys yn dawel. 'Ry'ch chi wedi clywed am y briodas arall, yn y Trallwng, mae'n siŵr?'

'Do.'

'Allwch chi ein helpu ni i berswadio'r dynion i beidio ag ymosod ar y Barwn?'

Ar ôl eiliadau hirion o wneud yn siŵr ei bod wedi deall ei eiriau'n iawn, trodd Lowri'n ffyrnig i'w wynebu.

'Wyt ti'n gall, dywed? Peidio ymosod? Dwyt ti rioed am i ni golli'r cyfle i wneud i'r diawl dalu o'r diwedd? Anwybyddu cyfle i ddial arno fo am ladd Siencyn? Dwi wedi bod yn breuddwydio am hyn ers misoedd, Rhys, yn ysu am y cyfle i gladdu cyllell yn ei galon o . . .'

'Ond Lowri . . .'

'Cer o ngolwg i, y penci gwirion! Ac os gwnewch chi'ch dau unrhyw beth – unrhyw beth i'n rhwystro ni rhag dal Lewis Owen, mi gewch chithau dalu hefyd!' Fflachiodd ei llygaid gwyrddion arnyn nhw, a sythu a dal i rythu i fyw eu llygaid nes i Rhys a Mari deimlo nad oedd ganddyn nhw ddewis ond camu'n ôl a diflannu o'i golwg.

Eisteddodd y ddau ar fonyn coeden yn y cysgodion, yn gwylio'r dawnsio oedd yn dal i fynd ymlaen o amgylch y tân, o bell.

'Dydan ni ddim yn mynd i allu eu rhwystro nhw, nac'dan?' meddai Mari, a'i llygaid yn sgleinio. Ysgydwodd Rhys ei ben yn araf, ac yn fud.

Pennod 12

O'r **noson** honno ymlaen, chafodd Rhys na Mari glywed gair am drefniadau'r Gwylliaid. Byddai pawb yn gadael yr ogof i gynnal eu trafodaethau, ac yn gofalu bod rhywun fel Nel a Catrin yn aros ar ôl i ofalu na fyddai 'run o'r ddau'n codi i'w dilyn. Doedden nhw ddim hyd yn oed yn cael eu gwahodd i fynd i hela, bellach, ac yn gorfod aros yn yr ogof yn gofalu am y plant bach, yn helpu i goginio, nyddu, pluo a diberfeddu, a gofalu am Dorti, oedd yn gwella'n araf.

Felly doedd ganddyn nhw ddim syniad pryd fyddai'r ymosodiad yn digwydd.

Allan gyda'r plant roedd Rhys, a Mari'n nyddu gwlân gyda Catrin, pan ddeallon nhw fod rhywbeth mawr wedi digwydd.

Y sŵn ddaeth gyntaf: sŵn chwerthin a gweiddi a chymeradwyo mawr yn dod o bell. Rhedodd y plant

a'r merched allan yn syth, gan adael Rhys a Mari –
a Dorti, oedd yn dal yn rhy wan i godi – yn yr ogof.
Edrychodd Rhys a Mari ar ei gilydd, heb orfod
dweud gair.

Elis Nannau ddaeth i mewn yn gyntaf, â phobl
yn ysgwyd ei law a tharo'i gefn. Roedd ei wyneb a'i
ddwylo'n waed i gyd. Yna, daeth Morris Goch a
Lowri a Ieuan Brydydd Byr, hefyd yn waed drostyn
nhw, a Gruffudd Wyn, Bob Rhys, Dafydd Gwyn a
Siencyn ap Einion, pob un â'i lygaid yn dal i
sgleinio gyda'r cynnwrf, ac yna John Goch yn cael
ei gario ar ysgwyddau Wil Coed a Siôn Wyllt.

Wedi i'r gweiddi dawelu, ac i bawb gael cwrw a
rhywbeth i'w gnoi, galwodd un o ddynion Cwm
Dugoed ar Siôn Wyllt i adrodd yr hanes.

'Â chroeso!' meddai hwnnw, gan godi ar ei draed
yn syth. 'Fel hyn y digwyddodd hi: heddiw, ar y
pymthegfed o Hydref 1555, roedd y Barwn Owen a'i
gyfaill John Llwyd o Geiswyn ar eu ffordd yn
ôl o'r Trallwng. Nid o briodas – na, roedden ni
wedi cael gwybod mai ymhen pythefnos y byddai
honno – dod yn ôl adre ar ôl *trefnu*'r briodas oedden
nhw! A wydden nhw ddim ein bod ni wedi cael
gwybod hynny hefyd!' Chwarddodd pawb yn uchel
ar hyn.

'Roedden nhw wedi bwriadu teithio efo byddin

fechan i'r briodas ei hun, am eu bod nhw'n disgwyl y bydden ni'n ymosod arnyn nhw!' chwarddodd Morris Goch. 'Ond dim ond rhyw dri còg oedd efo nhw heddiw, achos doedden nhw ddim wedi amau am eiliad y bydden ni yno'n eu disgwyl nhw!'

'Hei! Ti neu fi sy'n deud yr hanes?' meddai Siôn Wyllt.

'Ddrwg iawn gen i, Siôn, dal ati. Fi sy'n rhy barod fy nhafod, fel arfer,' ymddiheurodd Morris.

'Iawn. Dal dy dafod 'ta! Rŵan . . . roedden ni'n gwybod mai dros Fwlch y Fedwen y bydden nhw'n dod yn eu holau. Felly roedden ni wedi bod yn brysur yn y cyfamser, yn dewis y fan, yn dewis ein coed, ac yn torri dwy dderwen – nes eu bod nhw *bron* â disgyn! Un gwthiad, un walden fach arall efo'r fwyell, ac mi fydden nhw drosodd.'

'Mae'n gweithio bob tro!' chwarddodd Ieuan Brydydd Byr.

'Mi fuon ni'n aros yno, wedi'n cuddio dan y dail, am oriau. Wedyn yn sydyn, dyma glywed brân yn crawcian . . . ond nid brân mohoni, naci!'

'O, naci!' rhuodd pawb.

'Elis ap Huw oedd o, siŵr!'

'Elis ap Huw!' gwaeddodd y dorf.

'Elis, sy'n swnio'n fwy fel brân – na brân!' Oedodd Siôn am ychydig, i fwynhau'r chwerthin ac i ofalu bod llygaid a chlustiau pawb wedi eu hoelio arno.

'A dyna oedd yr arwydd roedden ni wedi bod yn disgwyl amdano. Roedd y Barwn, y diafol ei hun, ar ei ffordd! Cydiodd Morris yn dynnach yn ei fwyell dan y dail wrth y dderwen gynta, poerodd Ieuan ar ei fwyell yntau, o'i guddfan wrth yr ail. Daliodd pawb arall eu gwynt wrth wylio'r ceffylau'n dod i lawr drwy'r coed yn ara bach . . . a phan oedd ceffyl y Barwn wedi pasio'r dderwen gynta, clec! Daeth y ddwy goeden i lawr – un o'i flaen o, a'r llall y tu ôl iddo!'

Rhuodd pawb, wedi cynhyrfu'n llwyr.

'A dyna pryd y camodd ein saethwyr o'r tu ôl i'r coed ar y dde: John Goch, Elis Nannau, Wil a minnau! Mi drawodd John Goch o'n syth! Yn ei fraich! A ges i'r diawl yn ei goes! Ac Elis y ceffyl! Dyna pryd gafodd o godwm, y creadur.'

Chwarddodd pawb eto.

'Ond chwarae teg i'r hen Lewis Owen, mae'n ddyn caled, ac mi gydiodd yn y saeth oedd yn ei fraich – a'i thynnu allan! Ond doedd 'na fawr o bwynt, achos roedd 'na un arall yn ei gefn o'n syth, a thair arall yn ei goes – roedd o'n dechre edrych fel draenog!'

Roedd rhai o'r gwrandawyr yn chwerthin nes eu

bod nhw'n crio erbyn hyn. Ond teimlo'n sâl roedd Rhys a Mari.

'Mi welodd ei gyfeillion o ei bod hi ar ben ar yr hen greadur, ac i ffwrdd â nhw, nerth carnau eu ceffylau, i chwilio am gymorth, am wn i – neu efallai mai ofn y Gwylliaid oedd arnyn nhw! Ond fydden ni ddim wedi cyffwrdd blaen bys ynddyn nhw. Y Barwn oedden ni am ddial arno, neb arall . . . a dyna wnaethon ni.

'Roedd o'n gorwedd yn y llaid a'r dail, yn gwaedu a gwichian fel mochyn. A dyna pryd y neidiodd Lowri arno efo'i chyllell, a'i drywanu drosodd a throsodd, gan alw enw Siencyn gyda phob ergyd, nes bod y Barwn, y Barwn Lewis Owen, yn gelain.'

Ar ôl eiliad o dawelwch llethol, neidiodd pawb ar eu traed gan weiddi a sgrechian a chwerthin a rhuo'n wyllt.

'Mi gafodd Lowri a John Goch olchi eu dwylo yng ngwaed y diawl!' gwaeddodd Siôn Wyllt dros y rhuo. 'Ac mi adawon ni ei gorff yno i'r brain gael eu siâr!'

Trodd Rhys at Mari, a gweld bod y dagrau'n llifo i lawr ei hwyneb. Rhoddodd ei fraich am ei hysgwyddau, a'i gwasgu'n dynn ato. Yna sylwodd fod Dorti'n ceisio codi. Brysiodd tuag ati, a'i helpu i godi'n sigledig ar ei thraed. Roedd hi'n ceisio dweud rhywbeth.

'Mae'n ddrwg 'da fi, Dorti, sai'n gallu'ch clywed chi,' meddai Rhys wrthi.

'Daw dial . . .' sibrydodd yr hen wraig. Yna, mewn llais cryfach: 'Daw dial!' Ond roedd y gweiddi a'r rhuo'n dal mor uchel fel nad oedd dim posib i'r gweddill ei chlywed hi. 'Daw dial!' gwaeddodd hi'n sydyn, mewn llais oedd yn pefrio drwy'r ogof. 'Daw dial . . . ddaw 'na ddim da o hyn!'

Ymdawelodd pawb yn syth. Ond camodd Lowri tuag ati a chyhoeddi'n uchel, fel bod pawb yn gallu ei chlywed:

'Rydan ni'n gwybod y byddan nhw'n dial am hyn, siŵr! Ond doedd dim dewis, nag oedd! Dim dewis o gwbl. Ac mi af i i'r bedd yn fodlon, wedi cael gwneud i Lewis Owen yr hyn wnaeth o i fy mab i.'

'Gwir y gair, Lowri. Mi wnaethon ni'r hyn roedd yn rhaid ei wneud,' meddai Wil Coed. 'Ond peth hurt fyddai aros fan hyn. Mi fydd raid i ni wasgaru rŵan. Mi fydd John Llwyd a'r lleill wedi hen gyrraedd Dolgellau bellach, ac yn hel gwŷr arfog i chwilio amdanon ni. Gwasgarwch i'r pedwar gwynt, gyfeillion, fel roedden ni wedi'i drefnu, a phob lwc i chi, un ac oll. Mi fu'n fraint eich adnabod.'

Ar ôl i bawb ysgwyd dwylo a chofleidio a llongyfarch ei gilydd, o fewn dim roedd yr ogof bron yn wag eto.

Edrychodd Rhys a Mari ar ei gilydd.

'Be amdanon ni?' sibrydodd Mari. 'A Dorti? All hi ddim dianc, prin y gall hi symud!'

'Wil . . . edrych ar Wil,' sibrydodd Rhys. Trodd Mari i chwilio amdano, a'i weld yn ysgwyd llaw John Goch. Yna agorodd ei llygaid yn syn. Roedd y cleddyf ganddo, y cleddyf hud!

'Peidiwch â'i adael allan o'ch golwg,' meddai llais Dorti y tu ôl iddyn nhw. 'Mae'n rhaid i chi gael y cleddyf yna.'

'Ond sut?' meddai Mari.

'Cer i nôl John Goch,' meddai Dorti. 'Ty'd â fo ata i.'

Brysiodd Mari i ufuddhau a chydio ym mraich John Goch, a'i dynnu tuag at Dorti, gan egluro bod yr hen wraig yn gofyn amdano.

'Gwranda'n astud, John bach,' meddai honno, gan afael yn ei law a syllu i mewn i'w lygaid. 'Roedd 'na reswm dros ddod â'r ddau yma aton ni, a dwi'n berffaith siŵr bellach mai ti oedd y rheswm.'

'Fi?'

'Ia. Roedd hyn i gyd yn mynd i ddigwydd, John:

popeth – y crogi ar y Collfryn, colli Siencyn, a lladd y Barwn. A rŵan, mae pawb oedd yn rhan o'r lladd yn mynd i gael eu dal – yn hwyr neu'n hwyrach – a'u crogi. Wyt ti'n fy nallt i?'

Nodiodd John yn fud.

'Ond mae 'na obaith i ti. Dwi wedi gweld bywyd newydd i ti, ymhell o'r fan hyn. Yn fy mreuddwydion.'

'Nid . . . nid yn eu hoes nhw?' holodd John, gan gyfeirio at Rhys a Mari. 'Ydw i i fod i fynd efo nhw?'

Ysgydwodd Dorti ei phen. 'Naci. Nid fan'no fydd dy le di. Ond mi fedri di gael bywyd hir, llawn a hapus, os gwnei di eu helpu nhw rŵan.'

'Ond . . . iawn. Be dwi i fod i'w neud?'

'Dwyn cleddyf Wil oddi arno.'

'Be? Ond . . .'

'Mi fedri di ei wneud o, John Goch. Dwi'n gwybod y medri di. Ac mae'n *rhaid* i ti.'

Syllodd John arni am amser hir, yn ceisio gwneud synnwyr o'i geiriau.

'Mae fy mywyd i'n dibynnu ar ddwyn y cleddyf, yndi?'

'Ydy.'

'A be dwi i fod i'w wneud efo fo pan – os – ga i o?'

'Ei roi i Rhys a Mari. Trefna i'w cyfarfod nhw –

rŵan. Ar ben Bwlch yr Oerddrws ydy fy awgrym i, lle gwelsoch chi'ch gilydd gynta.'

Edrychodd ar y ddau a nodio.

'Iawn, ond . . . ond be amdanoch chi, Dorti?'

'Paid ti â phoeni amdana i. Cha i mo nghrogi, dwi'n gwybod hynny.' Yna estynnodd yr hen wraig ei llaw at Mari.

'Pob lwc i ti, merch i. A thithe, Rhys. Dwi wedi mwynhau pob eiliad yn eich cwmni chi, ond rŵan . . . mae'n rhaid i chi fynd. A John, pob lwc i tithe. Mae gen i feddwl y byd ohonot ti, ti'n gwybod hynny. Fi ddoth â ti i'r byd – wnes i ddeud hynny wrthat ti rioed?'

'Do, Dorti,' gwenodd John. 'Droeon.'

'Ro'n i'n gwybod bryd hynny y byddet ti'n un arbennig,' gwenodd Dorti'n ôl arno, cyn cau ei llygaid a suddo'n ôl ar ei gwely o redyn. 'Rŵan, ewch, ffarweliwch efo pawb. Weli di mo dy deulu eto ar ôl hyn, John. A brysiwch . . . dwi wedi blino rŵan, wedi blino'n lân . . .'

'Ond, Dorti! Be 'dan ni i fod i'w wneud efo'r cleddyf?' gofynnodd Mari.

Gwenodd Dorti ac agor ei llygaid eto am eiliad.

'Yr un peth yn union . . .' meddai'n llesg. 'Ewch rŵan . . . does 'na ddim eiliad i'w cholli . . . a dwi wedi blino mor ofnadwy . . .'

'Yr un peth â beth?' gofynnodd Rhys. 'Dorti? Yr un peth yn union â beth? Pwy?'

Ond roedd Dorti'n gorwedd yn gwbl dawel, a gwên fach ar ei gwefusau.

'Cysgu mae hi?' gofynnodd John.

'Dwi'm yn siŵr,' meddai Mari. 'Mae'n dal i anadlu, ond mae ei phyls hi'n wan ofnadwy.'

'Allwn ni ddim ei gadael hi fan hyn, fel hyn!' meddai Rhys.

'Does 'na ddim dewis, Rhys,' meddai John. 'Glywest ti be ddywedodd hi. Wyt ti'n meddwl mod inne eisiau gadael unrhyw un o fy nheulu, fy mhobol? Dweud ffarwél am y tro olaf? Nac ydw, ond mi fydd raid i mi!'

Edrychodd y tri ar ei gilydd, ac yna gwasgodd Mari law Dorti am y tro olaf cyn sythu a dechrau trefnu'n dawel efo'r ddau arall.

PENNOD 13

'Wyt ti'n siŵr ein bod ni'n mynd y ffordd iawn?' gofynnodd Rhys.

'Nac'dw,' cyfaddefodd Mari. 'Mae'r niwl 'ma mor drwchus, mae'n amhosib deud yn bendant lle rydan ni. Ond dwi bron yn siŵr ein bod ni'n mynd i'r cyfeiriad iawn.'

'Bron yn siŵr . . .'

'Ia, ond rydan ni'n dringo, yn tydan? Mae hynny'n arwydd da.'

'Ydy e? Allen ni fod yn mynd lan Cader Idris erbyn hyn!'

'Dydan ni'm wedi cerdded mor bell â hynny, y lembo!'

'Paid â galw fi'n lembo . . . sai yn y mŵd.'

Stopiodd Mari'n sydyn a throi i wynebu Rhys.

'Yli, dwi'n gneud fy ngore, iawn! Doedden ni'm yn gallu dilyn y ffordd rhag ofn i ddynion y Barwn ein dal ni! Felly rydan ni'n trio cyrraedd top Bwlch yr Oerddrws heb i neb ein gweld ni. A does 'na neb wedi'n gweld ni eto, nag oes?'

'Dim ond achos sdim posib gweld blaen dy drwyn yn y fflipin niwl 'ma!'

'Rhys! O'n i'n meddwl dy fod ti wedi newid ac wedi rhoi'r gore i gwyno'n dragwyddol!'

Anadlodd Rhys yn ddwfn a cheisio gwenu arni.

'Ie, ti'n iawn. Mae'n ddrwg 'da fi. Dwi'n meddwl falle mod i'n dechre winjan pan dwi'n *stressed*. Ym . . . dan straen.'

Gwenodd hithau'n ôl arno. Yna sylwodd fod llygaid Rhys yn edrych y tu draw iddi a bod ei aeliau wedi codi mewn braw.

'Be sy?' sibrydodd. 'Pwy sy 'na?' Roedd ganddi ormod o ofn troi i weld drosti ei hun.

'Y niwl. Mae e'n codi,' gwenodd Rhys. Trodd Mari a gweld ei fod yn dweud y gwir; roedd hi'n gallu gweld mwy na dwy goeden o'i blaen o'r diwedd. Roedd hi'n gallu gweld y bryniau o'i blaen – ac roedd hi bron yn siŵr mai'r bwlch oedd yn y pellter. Dim ffens na *lay-by* na chamfa, wrth gwrs, ond roedd hi'n nabod y graig dywyll y tu draw iddo.

'Y bwlch!' gwenodd. 'Rydan ni bron yna!'

Brysiodd y ddau yn eu blaenau, ond yn sydyn,

roedd Rhys wedi taflu ei hun at Mari fel ei bod hi ar ei bol yn y gwair gwlyb.

'Rhys! Be ti'n . . .'

'Hisht!' hisiodd Rhys yn ei chlust. 'Mae rhywun yn dod . . .'

Cododd Mari ei phen y mymryn lleia a gweld criw mawr o ddynion ar gefn ceffylau yn dod dros y bwlch o gyfeiriad Dolgellau. Gwasgodd ei phen yn ôl i mewn i'r gwair gan weddïo bod y crwyn defaid roedd y ddau wedi eu gosod o gwmpas eu hysgwyddau cyn gadael yr ogof yn cuddio digon o'u cotiau pinc a choch.

Gallai Rhys glywed eu lleisiau, a chlywed ei galon ei hun yn taro fel gordd. Plîs, peidiwch ag edrych i lawr fan hyn, meddyliodd. Roedd hi'n amlwg mai dynion y Barwn oedden nhw, gan eu bod yn enwi'r Gwylliaid roedden nhw am eu dal: Morris Goch, o Gemaes yn wreiddiol, ac Ieuan Thomas o Lanwddyn; Gruffudd Wyn, Elis ap Tudur o'r Nannau, Robert ap Rhys ap Hywel, Siencyn ap Einion a Dafydd Gwyn ap Gruffudd o Fawddwy – a John Goch.

'Hwnnw oedd y prif ymosodwr,' meddai un o'r dynion. 'Mab Lowri – ac mae angen dal honno hefyd. Mi olchodd ei hun yng ngwaed y Barwn, medda John Llwyd, ac mi geith hithe ei chrogi am hynny!'

'Mi gân' nhw i gyd eu crogi!' gwaeddodd llais arall. 'A hynny'n araf a phoenus! Dowch, hogia!'

Arhosodd Rhys a Mari lle roedden nhw, heb symud modfedd, nes i sŵn y lleisiau a charnau'r ceffylau ddiflannu'n llwyr. Yna cododd Rhys ei ben yn araf ac yn ofalus. Roedd y ffordd yn glir.

'Dere,' sibrydodd, a chodi ar ei draed.

'Ond be os daw rhywun arall?' hisiodd Mari. 'Cyn i John gyrraedd? Mi fydd raid i ni guddio yn y creigiau acw nes daw o. *Os* daw o . . .'

'So nhw'n mynd i ddala John Goch,' meddai Rhys.

'Ond be os bydd Wil Coed wedi'i ddal o'n trio dwyn y cleddyf? Ac wedi'i frifo fo?'

'Mari, oes raid i ti boeni cymaint am bethau? *Positive thinking!* Ni'n mynd adre, iawn! Nawr, dere i chwilio am le da i guddio.'

AR ÔL ORIAU hirion, poenus a gwlyb y tu ôl i graig, roedd y ddau bron â chwympo i gysgu pan glywson nhw sŵn gweiddi. Sbeciodd y ddau'n ofalus, a gweld pedwar dyn ar gefn pedwar ceffyl yn ymlwybro i fyny'r bwlch o gyfeiriad Dinas Mawddwy – gyda thri pherson yn cael eu llusgo i fyny y tu ôl iddyn nhw â rhaff am eu garddyrnau.

'Ieuan Brydydd Byr! A Morris Goch!' sibrydodd Rhys.

'O na . . . a Lowri,' ochneidiodd Mari.

'Hisht! Gwranda,' meddai Rhys. Roedd eu lleisiau i'w clywed yn glir bellach, a llais dwfn Ieuan yn protestio y dylen nhw ollwng Lowri'n rhydd.

'Mae hi'n feichiog!' gwaeddai, 'a chewch chi ddim crogi lodes feichiog!'

Ond roedd y dynion yn cega arno i gau ei hen geg.

'. . . neu mi fyddwn ni'n ei gau o drostat ti!'

Suddodd Mari yn ôl ar ei heistedd.

'Does 'na ddim byd allwn ni ei wneud, nag oes?' meddai'n drist. Doedd dim rhaid iddi edrych ar Rhys i wybod ei fod yn ysgwyd ei ben.

Arhosodd y ddau yno'n fud nes i'r sŵn gweiddi ddiflannu i lawr y bryn.

'Wyt ti'n meddwl y caiff hi fyw – am ei bod hi'n feichiog?' gofynnodd Mari yn y diwedd.

'Synnen i ddim. Roedd hynny'n digwydd yn aml, dwi'n credu, ond . . . sai'n siŵr. Sai'n siŵr o unrhyw beth bellach. Ond chaiff Ieuan ddim gweld ei blentyn, dwi'n gwybod hynny.'

'Plentyn fydd yn hanner brawd i John Goch,' meddai Mari.

'Siarad amdana i?' sibrydodd llais yn ei chlust.

'John!' gwichiodd Mari, a'i gofleidio cyn iddi sylweddoli be roedd hi'n ei wneud.

'Sut . . . ers pryd?' Rhythodd Rhys arno'n hurt. 'O ble doist ti nawr?'

'O'r niwl,' gwenodd John Goch. 'Glywsoch chi ddim, welsoch chi ddim, naddo? Dyna pam na ches i nghlywed gan ddynion y Barwn, heb sôn am fy ngweld! A dyna pam fod hwn gen i,' ychwanegodd, gan ddal cleddyf Wil Coed o'u blaenau.

'O, John,' gwenodd Mari, oedd eisiau ei gusanu, ond wnaeth hi ddim.

'Sai'n mynd i ofyn sut lwyddaist ti,' meddai Rhys.

'Gwell peidio,' cytunodd John. 'Ond mi fydd Wil wedi gweld ei golli erbyn hyn, ac mi fydd siŵr o fod wedi sylweddoli gan bwy mae o, a pham. Felly dwi'n meddwl y byddai'n syniad i ni frysio.'

'Ond brysio i wneud beth yn union?' gofynnodd Rhys.

'Gafael ynddo fo, yn union fel gwnaethon ni'r tro cynta, cofio?' meddai Mari. 'Pedair llaw, yr un pryd.'

'Ocê, ond fan hyn, neu lawr fan'co, lle daethon ni o hyd iddo fe?'

'Allen ni roi cynnig arni fan hyn, am wn i,' meddai Mari. 'Ac os na fydd o'n gweithio, awn ni lawr fan'cw – os bydd raid. Mi fyddwn ni braidd yn hawdd ein gweld i lawr fan'na.'

'Wel, roedd hi'n fraint ac yn anrhydedd eich nabod chi,' meddai John gan ddal ei law allan.

Cydiodd John yn dynn yn llaw Rhys a'i hysgwyd yn gadarn.

'Braint dy nabod di hefyd, John Goch,' gwenodd.

Estynnodd Mari ei llaw, ac yna newid ei meddwl a'i gofleidio'n dynn.

'Wna i byth dy anghofio di, John Goch,' meddai gan frwydro i gadw'r dagrau o'i llais.

'Go brin y gwna i eich anghofio chithe chwaith,' gwenodd John, oedd wedi cochi ychydig, sylwodd Rhys.

'Ond aros,' meddai Mari. 'Pan . . . *os* awn ni 'nôl i'n hamser ni, sut gawn ni wybod be ddigwyddodd i ti?'

Pendronodd John am ychydig, yna fflachiodd rhywbeth yn ei lygaid.

'Gan eich bod chi wedi fy nysgu i sut i sgwennu, mi wna i adael nodyn i chi – ar lechen. Yn rhywle arbennig . . .'

'Ble?'

Edrychodd John o'i gwmpas.

'Rhywle ar y Bwlch 'ma?'

'Na, mi fydd 'na ffordd fawr darmac 'ma erbyn ein hoes ni, a *lay-by*, a phobol yn mynydda ac yn dod i gymryd lluniau o awyrennau'r Fali . . .'

'O be?'

'O, dim bwys!' chwarddodd Mari. 'Ond bydd raid i ni feddwl am rywle neu rywbeth sydd ddim yn debygol o newid, na chael ei chwalu erbyn ein hoes ni.'

'Dwi'n gwybod,' meddai Rhys. 'Wyt ti'n cofio pan fuon ni'n hela rhwng Llanymawddwy a Bwlch y Groes, fe groeson ni bont fach? Pont ro'n i'n ei chofio, am fod Dad wedi'n llusgo i mas i gerdded y ffordd 'ny pan o'n i'n iau, a bod y bont heb newid dim?'

'Ydw! Cofio'n iawn!' meddai John. 'Perffaith! Mi wna i osod y llechen oddi tani, fel mai dim ond rhywun sy'n chwilio amdani fydd yn ei gweld hi. Ond a' i ddim yno nes bydda i'n hen ddyn wrth gwrs! Efo llond gwlad o blant!'

'Iawn, awn ni yno, dwi'n addo,' meddai Rhys.

'Ond ble'r ei di rŵan?' gofynnodd Mari.

'Dwi'm yn siŵr. Cyn belled â phosib, cyn gyflymed â phosib.'

'Ond ti'n gwybod bod dy fam . . ?'

'Ydw. Ond chaiff hi mo'i chrogi. Nid Mam. Mae hi fel cath, wastad yn glanio ar ei thraed – fel fi!'

'Wel, bydd yn ofalus,' meddai Mari.

'Dwi wastad yn ofalus. Ond dwi'm yn mynd i nunlle nes bydda i'n siŵr eich bod chi wedi mynd adre'n ddiogel at eich trydan a'ch bocsys swnllyd . . . Dowch, cydiwch yn y cleddyf.'

Gafaelodd Rhys yn y ddolen â'i ddwy law. Anadlodd Mari'n ddwfn, gwenu ar John Goch, a gosod ei dwy law ar y ddolen, yn union fel y gwnaeth hi yn 2014. Caeodd y ddau eu llygaid yn dynn.

A ddigwyddodd dim. Dim byd o gwbl.

Agorodd Rhys un llygad a gweld John Goch yn wincio arno. 'O, pw,' meddai.

'Hm,' meddai John. 'Dwi'n meddwl y bydd raid i chi fynd i lawr fan acw, i ble roedd y cleddyf yn y lle cynta.'

'Ond wyt ti'n siŵr nad oes neb o gwmpas?' gofynnodd Mari.

'Ddim digon siŵr i mi ddod efo chi. Mi arhosa i fan hyn, o'r golwg. Brysiwch chi i lawr a gafael yn y cleddyf pan fyddwch chi'n meddwl eich bod chi yn y man iawn. Pob lwc. A diolch am bopeth.'

Allai Mari ddim rhwystro'i hun – plygodd ymlaen a rhoi cusan i John Goch ar ei wefusau. Edrychodd yntau arni'n hurt, a gwenu, cyn troi at Rhys.

'Ha! Sai'n credu!' meddai hwnnw. 'Hwyl nawr!'

'Do'n i ddim yn disgwyl . . .' cychwynnodd John Goch, ond roedd y ddau eisoes wedi dechrau rhedeg i lawr drwy'r gwair gwlyb, a wnaethon nhw ddim stopio nes roedden nhw'n meddwl eu bod yn y man iawn.

'Mwy i'r cyfeiriad hwn, dwi'n credu,' meddai Rhys.

'Neu fan hyn?' meddai Mari.

'Falle. O fflip, sai'n cofio! Driwn ni fan hyn. Dere.' Estynnodd y cleddyf iddi.

'Ond ro'n i'n wynebu'r ffordd acw, a thithe'r ffordd hyn,' meddai Mari.

'O'n i? Iawn, os ti'n dweud.' Newidiodd y ddau eu safleoedd, ac yna, 'Oooo . . . na . . .' meddai Rhys.

'Be?'

'Wil Coed! Brysia!'

Trodd Mari ei phen a gweld bod Wil Coed yn carlamu tuag atyn nhw ar geffyl mawr du. Gwichiodd, a throi'n ôl yn syth i wynebu Rhys.

'Barod?'

'Barod!'

Gafaelodd y ddau yn dynn yng ngharn y cleddyf, a gweddïo.

Ond doedd dim byd yn digwydd, ac roedd Wil Coed a'i wyneb hynod, hynod flin yn agosáu, dim ond rhyw ddeugain llath i ffwrdd bellach! Ond yna, dechreuodd y garreg ar ben y carn oleuo, yn gryfach ac yn gryfach.

Ond dim ond ugain llath oedd rhyngddyn nhw a Wil Coed!

Dechreuodd y garreg fflachio.

Deg llath!

Ac yna, wrth i Wil ymestyn ei fraich amdanyn nhw – diflannodd y ddau.

Chwarddodd John Goch iddo'i hun wrth weld Wil Coed yn syrthio oddi ar ei geffyl mewn sioc, ac yna'n gweiddi ac yn strancio, cyn ymbwyllo eto, a dechrau chwilio a chwilota yn y gwair. Ond doedd gan John ddim amser i'w wastraffu, a doedd dim affliw o bwys ganddo a oedd Wil yn dod o hyd i'r cleddyf ai peidio. Clymodd ei gwdyn lledr yn dynn dros ei ysgwydd a dechrau dringo'n llyfn drwy'r creigiau, fel ysbryd, nes bod y niwl yn ei lyncu'n llwyr.

GLANIODD RHYS a Mari ar eu cefnau yn frawychus o galed.

'Wooo . . . mae mhen i'n troi,' meddai Mari.

'A f'un i,' meddai Rhys yn ddryslyd, gan ysgwyd ei ben.

Cododd y ddau ar eu heistedd ac edrych o'u cwmpas. Roedd eira trwchus, gwyn, hyfryd ym mhobman – a char y tu ôl iddyn nhw.

'Mae'n rhaid ein bod ni'n dau wedi disgyn i'r eira yr un pryd am ryw reswm,' meddai Rhys.

'Mae'n rhaid . . .' cytunodd Mari. 'Ond mae gen i gof o weld rhywbeth tebyg i fellten . . .'

Llamodd ci defaid o'r tu ôl i'r car a neidio ar ben Mari a'i llyfu'n wyllt.

'Nel!' chwarddodd Mari. 'Be sy'n bod arnat ti? Dwi'm wedi bod yn unlle a ti'n bihafio fel taswn i wedi bod i ffwrdd ers oesoedd!'

'Wel . . . dwi'n rhewi,' meddai Rhys, gan godi ar ei draed. 'Gawn ni fynd 'nôl i dy gartre di, plîs?'

'Cawn siŵr,' meddai Mari gan godi ar ei thraed hithau. 'Pam ddaethon ni i lawr at y car beth bynnag, dwed?'

'Ym . . . o ie, i nôl fy iPad i, a dyma fe fan hyn, yn y bag.'

Roedd Nel yn dal i redeg mewn cylchoedd ac yn neidio i fyny ac i lawr fel ci bach wrth iddyn nhw ddringo'n ôl i fyny drwy'r eira.

'Mae'n ddrwg 'da fi,' meddai Rhys, 'dwi wedi anghofio dy enw di. Beth oedd e eto?'

'Mari.'

'O ie. Mari . . . Dwi bron yn siŵr mod i wedi nabod rhywun o'r enw Mari o'r blaen rywdro . . .'

Epilog

Aeth Rhys a'i dad yn eu blaenau i Sir Fôn mewn car o'r garej leol, a thros y Nadolig sylwodd y tad fod Cymraeg ei fab wedi gwella'n arw dros nos, ac nad oedd yn cwyno hanner cymaint ag arfer.

'Awyr iach Sir Fôn yn gwneud lles i ti, mae'n rhaid!' chwarddodd. Ond dim ond hanner gwenu wnaeth Rhys. 'Ac i'ch coes chi,' atebodd.

Er ei fod wedi eitha mwynhau ei hun yng nghwmni ei deulu 'Gog' wedi'r cwbl, doedd ei ben ddim wedi bod yn 'iawn' drwy gydol y Nadolig. Roedd ganddo'r teimlad cyson ei fod wedi anghofio rhywbeth, a byddai'n cael y breuddwydion rhyfedda – breuddwydion am hela wiwerod a chanu o gwmpas tanllwyth o dân a bwyta dail poethion (*as if!*) – a chrafu. Byddai'n deffro'n crafu'n wyllt, er nad oedd dim byd yno. A'r un wynebau oedd yn y breuddwydion bob tro.

Roedd rhywbeth wedi digwydd i'r lluniau ar ei iPad hefyd. Roedd yr hen rai yn berffaith iawn, hyd y gwelai, ond roedd o leia hanner cant o luniau gwag, neu bron yn wag yno hefyd. Yr unig beth a allai ei weld yn y rheiny oedd ambell lygad rhyfedd, ambell law, neu rywbeth oedd yn debyg i law, ac un oedd yn edrych fel hanner wyneb hen wraig ofnadwy o salw. Roedd wedi amau ei gefnder wyth oed o chwarae â'i iPad ar un adeg, ond roedd hynny'n amhosib. Doedd y creadur ddim hyd yn oed wedi bod yn ei lofft, heb sôn am ei gês. Ond eto, ar ôl i Rhys chwarae o gwmpas â'r opsiynau golygu, roedd un llun wedi troi'n un cymharol eglur mewn mannau, o rywun oedd bron yr un sbit â'i gefnder. Yr un wên ddireidus, a'r un gwallt coch, ond bod y gwallt yn y llun yn llawer iawn hirach. Nid ei gefnder oedd o, ond roedd rhywbeth mor gyfarwydd amdano . . .

TREULIO'R NADOLIG gyda'r teulu yng Nghaertyddyn wnaeth Mari. Un digon tebyg i'r arfer: ffilmiau gwirion ar y teledu, bocseidiau o fferins a siocled ar y dresel yn gyrru Robin, ei brawd bach, yn wirion, am ei fod eisiau siocled i frecwast – a chinio, a swper; Dad yn cracio cnau wrth y tân ac yn gwylltio â'r *almonds* am eu bod mor anodd eu torri; Mam yn coginio a choginio yn y gegin a Mari'n gorfod llusgo'i hun o'r parlwr a'r teledu er mwyn ei helpu. Ac un pnawn, wrth olchi sosbenni i gyfeiliant un o'r rhaglenni 'hen bobl' y byddai ei mam yn gwrando arnyn nhw bron yn ddi-stop ar yr hen set radio (seimllyd) yn y gegin, rhewodd Mari yn ei hunfan.

Roedd rhywun yn canu geiriau oedd yn codi croen gŵydd arni:

'DERFYDD AUR, A DERFYDD ARIAN,
DERFYDD MELFED, DERFYDD SIDAN,
DERFYDD POB DILLEDYN HELAETH;
ETO ER HYN NI DDERFYDD HIRAETH.

HIRAETH MAWR A HIRAETH CREULON,
HIRAETH SYDD YN TORRI NGHALON . . .'

'Mari? Be sy?' clywodd lais ei mam yn gofyn. A dyna pryd y sylweddolodd hi fod dagrau'n llifo i lawr ei hwyneb.

'Dw-dwi ddim yn gwbod,' meddai Mari. 'Ond dwi'n teimlo mor ofnadwy o drist mwya sydyn.'

'Y gân yna, ia? Mi fyddai'n gwneud i dy hen nain grio o hyd hefyd, dwi'n cofio, a doedd hithe ddim yn siŵr pam chwaith. Ond roedd hi'n ddynes oedd yn gallu teimlo pethau, 'sti, gweld ysbrydion ac ati, ac roedd hi'n taeru ei bod hi'n gallu clywed llais plentyn yn canu honna bob tro y byddai'n mynd dros y Bwlch.'

'Llais plentyn?'

'Ia.'

'Pwy?'

'Doedd ganddi ddim syniad. Ond dyna'r llais mwya swynol iddi ei glywed rioed, meddai hi.'

'Ym . . . Mam? Ga i fynd â Nel allan am dro?'

'Be? Rŵan? Ond mi fydd yn tywyllu toc, Mari.'

'Dim ond am ryw ugain munud, plîs?'

Roedd angen awyr iach arni, ac anadlodd yn ddwfn, cyn taflu pêl i Nel yn y cae uwchben y tŷ. Pam fod y gân yna mor gyfarwydd ac wedi cael y fath effaith arni? Ac ar ei hen nain oedd wedi marw cyn ei geni? A pham ei bod hi wedi bod yn breuddwydio cymaint ers dyddiau? Am bobl â bwa a saeth a chleddyfau, a chrochan mawr yn ffrwtian mewn ogof? A pham ar y ddaear y byddai'n deffro bob bore yn teimlo'i bod wedi anghofio rhywbeth? Rhywbeth pwysig?

Deffrodd ar fore dydd Calan, wedi cael breuddwyd

arall, breuddwyd ryfeddol o fyw, ac roedd hi'n gwybod bod yn rhaid iddi fynd i Lanymawddwy. Ceisiodd berswadio'i thad ac yna ei mam i fynd â hi i Lanymawddwy yn y car, ond roedd y ddau yn rhy brysur o lawer, siŵr iawn. Roedd hi wrthi'n pwmpio'r teiars ar ei beic pan glywodd sŵn car. Trodd i weld pwy oedd yno, ac agorodd ei llygaid yn fawr pan welodd Rhys a'i dad yn cerdded tuag ati.

'Mynd i rywle pwysig?' gofynnodd Rhys. Nodiodd Mari'n fud. 'Llanymawddwy rwy'n cymryd,' ychwanegodd Rhys. Nodiodd eto.

'Gest ti'r un freuddwyd?' gofynnodd.

'Do. Ac rwy wedi perswadio Dad i fynd â ni. Dere.'

'Ond, Rhys, bydd raid i ni alw yn y tŷ yn gynta. Allwn ni ddim jest herwgipio Mari fel hyn!' protestiodd ei dad. Felly bu'n rhaid i'r ddau aros yn anniddig i'w rheini sgwrsio a thrafod ac ysgwyd eu pennau, yn methu'n lân â deall yr angen rhyfedd yma i fynd i Lanymawddwy o bob man.

Ond o'r diwedd, roedden nhw yn y car, yn dringo i fyny'r bwlch, yn edrych ar y creigiau â llygaid newydd, yn teimlo'n rhyfedd, yn clywed lleisiau – ond yn clywed dim ar lais tad Rhys oedd wedi dechrau sylweddoli ei fod yn siarad â'i hun.

Ac yna, roedden nhw yn Llanymawddwy, yn gyrru'n araf heibio'r eglwys.

'Dyma ni,' meddai tad Rhys.

'Na, daliwch i fynd,' meddai Rhys. Ac ufuddhaodd y tad i'w fab gan rowlio'i lygaid. Gyrrodd yn ei flaen yn dawel gan deimlo y byddai'n cyrraedd Llanuwchllyn cyn bo hir.

'Fan hyn, stopiwch fan hyn!' meddai Rhys yn sydyn.

'Ond dwi ar gornel! Gad i mi ddod o hyd i rywle mwy diogel, neno'r tad!'

Prin roedd o wedi codi'r brêc, ac roedd Rhys a Mari wedi neidio allan ac yn rhedeg i lawr y ffordd. Gwyliodd nhw'n diflannu rownd y gornel, ac ochneidiodd yn ddwfn.

'Dwi'n rhy hen i redeg ar eu holau nhw,' meddai wrtho'i hun, a chymryd ei amser i wisgo'i gôt. Felly welodd o mohonyn nhw'n croesi'r ffordd a mynd drwy giât a rhedeg i fyny llwybr defaid.

'Dacw hi! Dacw'r bont!' meddai Rhys, a rhedodd y ddau'n gyflymach fyth, er nad oedd gwir reswm dros y fath frys. Sglefriodd y ddau i lawr i'r dŵr, heb boeni dim am wlychu eu traed a'u trowsusau.

'Edrycha di yr ochr yna, edrycha i fan hyn,' meddai Rhys.

Ar ôl deg munud o chwilota o dan y bont, yn

archwilio pob carreg, pob llechen, teimlodd Mari ei chalon yn cyflymu. Roedd darn o lechen wedi dod yn rhydd. Tynnodd o allan yn ofalus.

'Rhys . . .' Edrychodd y ddau ar ei gilydd, yna camu allan i'r golau i gael ei weld yn well. Rhwbiodd Mari ei llawes yn erbyn y mwsog a'r baw oedd yn drwch dros y llechen. Ond doedd dim i'w weld.

'Rho fe yn y dŵr!' meddai Rhys. Ac ar ôl ei lanhau yn y dŵr, clir, oer, daeth y llythrennau i'r golwg:

1585
Siencyn ap Rhys (John Goch)
Sir Fôn
Gŵr i Meg a thad i 4 o blant cochion

Diolch!

Dechreuodd y ddau chwerthin, ac yna trodd y chwerthin yn ddagrau, a mwy o chwerthin.

'Fe newidiodd ei enw!' meddai Rhys.

'A dianc i Sir Fôn!' chwarddodd Mari. 'A chael llwyth o blant! Go dda fo!' Yna sylweddolodd fod Rhys wedi mynd yn fud mwya sydyn, ac yn rhythu'n hurt ar y llythrennau ar y llechen.

'Be sy?'

'Sai'n credu hyn . . . Siencyn ap Rhys . . . fy enw i yw Rhys ap Siencyn . . . Mari? Beth yw dy gyfenw di?'

'Jenkins.'

'Y fersiwn gafodd ei Seisnigeiddio . . . ac oes 'da ti deulu yn Sir Fôn?'

'Oes. Taid. Un o Lanfechell oedd o'n wreiddiol!'

Dechreuodd y ddau chwerthin yn wyllt eto.

'Ni'n perthyn iddo fe! Ni'n dau'n perthyn i John Goch!' chwarddodd Rhys.

'Ydan! Mae'n rhaid ein bod ni!' meddai Mari. 'A dyna pam . . . Rhys . . ? Tase John ddim wedi llwyddo i ddianc, fyddet ti a fi ddim yn bod.'

'Ti'n iawn. Mae e i gyd yn gwneud synnwyr nawr . . . fi'n credu,' meddai Rhys. 'Dere 'ma, gyfnither . . . dere i gael cwtsh!'

Cofleidiodd y ddau ei gilydd, ac yna gwahanu'n sydyn.

'Wyt ti'n ei glywed o?' gofynnodd Mari.

'Yncl Siencyn? Ydw . . .' gwenodd Rhys.

Roedd llais swynol i'w glywed yn canu ar y gwynt:

'Derfydd aur, a derfydd arian,
'Derfydd melfed, derfydd sidan . . .'

GWYLLIAID